HEYNE
BÜCHER

Vom gleichen Autor erschienen außerdem als Heyne-Taschenbücher

Die Rollbahn · Band 01/497
Das Herz der 6. Armee · Band 01/564
Sie fielen vom Himmel · Band 01/582
Der Himmel über Kasakstan · Band 01/600
Natascha · Band 01/615
Strafbataillon 999 · Band 01/633
Dr. med. Erika Werner · Band 01/667
Liebe auf heißem Sand · Band 01/717
Liebesnächte in der Taiga · Band 01/729
Der rostende Ruhm · Band 01/740
Entmündigt · Band 01/776
Zum Nachtisch wilde Früchte · Band 01/788
Der letzte Karpatenwolf · Band 01/807
Die Tochter des Teufels · Band 01/827
Der Arzt von Stalingrad · Band 01/847
Das geschenkte Gesicht · Band 01/851
Privatklinik · Band 01/914
Ich beantrage Todesstrafe · Band 01/927
Auf nassen Straßen · Band 01/938
Agenten lieben gefährlich · Band 01/962
Zerstörter Traum vom Ruhm · Band 01/987
Agenten kennen kein Pardon · Band 01/999
Der Mann, der sein Leben vergaß · Band 01/5020
Fronttheater · Band 01/5030
Der Wüstendoktor · Band 01/5048
Ein toter Taucher nimmt kein Gold · Band 01/5053
Die Drohung · Band 01/5069
Eine Urwaldgöttin darf nicht weinen · Band 01/5080
Viele Mütter heißen Anita · Band 01/5086
Wen die schwarze Göttin ruft · Band 01/5105
Ein Komet fällt vom Himmel · Band 01/5119
Straße in die Hölle · Band 01/5145
Ein Mann wie ein Erdbeben · Band 01/5154
Diagnose · Band 01/5155
Ein Sommer mit Danica · Band 01/5168
Aus dem Nichts ein neues Leben · Band 01/5186
Des Sieges bittere Tränen · Band 01/5210
Die Nacht des schwarzen Zaubers · Band 01/5229
Alarm! – Das Weiberschiff · Band 01/5231
Bittersüßes 7. Jahr · Band 01/5240
Engel der Vergessenen · Band 01/5251
Die Verdammten der Taiga · Band 01/5304
Das Teufelsweib · Band 01/5350
Im Tal der bittersüßen Träume · Band 01/5388
Liebe ist stärker als der Tod · Band 01/5436
Haie an Bord · Band 01/5490
Niemand lebt von seinen Träumen · Band 01/5561
Das Doppelspiel · Band 01/5621
Die dunkle Seite des Ruhms · Band 01/5702
Der Gentleman · Band 01/5796
Konsalik – der Autor und sein Werk · Band 01/5848
Der pfeifende Mörder / Der gläserne Sarg · Band 01/5858
Die Erbin · Band 01/5919
Die Fahrt nach Feuerland · Band 01/5992
Der verhängnisvolle Urlaub / Frauen verstehen mehr von Liebe · Band 01/6054
Glück muß man haben · Band 01/6110
Der Dschunkendoktor · Band 01/6213
Das Gift der alten Heimat · Band 01/6294
Das Mädchen und der Zauberer · Band 01/6426
Frauenbataillon · Band 01/6503
Heimaturlaub · Band 01/6539
Die Bank im Park / Das einsame Herz · Band 01/6593

HEINZ G. KONSALIK

DAS UNANSTÄNDIGE FOTO

Roman

Mit 15 Illustrationen von J. A. Hess

Originalausgabe

WILHELM HEYNE VERLAG
MÜNCHEN

HEYNE ALLGEMEINE REIHE
Nr. 01/5751

8. Auflage

Printed in Germany 1986
Umschlagfoto: Manfred Schmatz, München
Text-Illustrationen: J. A. Hess, Seevetal
Umschlaggestaltung: Atelier Heinrichs & Schütz, München
Gesamtherstellung: Ebner Ulm

ISBN 3-453-01197-X

I.

Jedermann in Nowo Korsaki zog vor Nikita Romanowitsch Babajew die Mütze.

Der Parteisekretär Kasutin blieb auf der Straße stehen, wenn er Babajew traf, und klopfte ihm leutselig auf die Schulter; der reiche und unanständig dicke Baubeauftragte Zwetkow winkte ihm aus seinem Auto zu; der Apotheker Dudorow ließ ihn ohne ein kleines Schwätzchen nicht an seinem Laden vorbeigehen; und sogar Akif Victorowitsch Mamedow, der Pope, lehnte sich an den Zaun des Kirchengartens, stützte sich auf den Stiel seiner Hacke und sagte: »Wie geht es uns denn heute, du Heide? Daß dich noch Gottes Sonne bescheint, ist ein wahres Wunder.«

Dann lachte Babajew geschmeichelt, entgegnete ein paar heitere Worte und setzte seinen Weg fort.

Die allgemeine Freundlichkeit, die ihm entgegen-

Es wird behauptet, daß die ersten Bewohner der Gegend von Nowo Korsaki im Jahre 1789 entdeckt wurden, als eine Kosakenabteilung auf dem Weg zum Ural im Tobol ihre Pferde tränkte . . .

schlug, verdankte er nicht seinen auffällig roten Haaren, obwohl diese hier in Sibirien eine wirkliche Sehenswürdigkeit waren, sondern seinem Beruf.

Babajew war Fotograf.

Man wird nun mit Recht einwenden: Na ja, was ist denn schon dabei? Wenn jeder Pope beim Anblick eines Fotografen einen Segen ausspräche, wo käme man da hin? Natürlich ist das unmöglich, aber man mußte berücksichtigen, daß man sich hier in Nowo Korsaki befand.

Im Süden des südlichen Urals, am Unterlauf des Flusses Tobol, in der Nähe der sechs Seen, die man rätselhafterweise ›Die sechs Jungfrauen‹ nennt, liegt diese Kleinstadt in einer von Wäldern eingeschlossenen Niederung, zu der eine einzige Straße führt. Im Winter ist diese durch Schneeverwehungen unpassierbar, im Frühjahr und im Herbst versinken die Fahrzeuge im Schlamm, und nur im Sommer ist es einigermaßen möglich, nach Kustanaj, einer etwas größeren Stadt, zu kommen, von der man nach mehrmaligem Umsteigen mit der Bahn nach Magnitogorssk gelangen kann.

Es wird behauptet, daß die ersten Bewohner der Gegend von Nowo Korsaki im Jahre 1789 entdeckt wurden, als eine Kosakenabteilung auf dem Weg zum Ural im Tobol ihre Pferde tränkte und plötzlich Rauch aus den Wäldern aufsteigen sah. Die wilden Kerle ritten mit großem Geschrei in die einsame

Siedlung ein, erfuhren, daß die Bewohner entlassene Verbannte waren, vergewaltigten die Frauen und Mädchen, und hauptsächlich dadurch gefiel es ihnen so gut in den Hütten, daß sie blieben und die Siedlung weiter ausbauten. Die kleine Stadt, die so entstand, tauften sie nach ihrem Kosakenführer Korsaki. Aus dem Ort Orssk am Ural raubten sie schließlich einen Popen, zimmerten eine Kirche und lebten von da an so frei wie die Wolken am Himmel und die Wellen des Tobol.

Die politischen Wandlungen Rußlands erlebten sie nur am Rande mit. Selbst als im Jahre 1922 zum erstenmal ein Mann in schwarzer Lederjacke aus Magnitogorssk erschien, sich als Kommissar der Bolschewisten vorstellte, tönende Reden hielt und verkündete, es werde nun alles anders, Rußland gehöre den Russen – was in Nowo Korsaki nie jemand bezweifelt hatte –, selbst dann änderte sich nicht viel. In der kleinen Stadt wurde ein Parteihaus gebaut, man mußte auf einmal Steuern zahlen, und ein überlebensgroßes Denkmal aus Gips wurde errichtet, das einen Mann namens Lenin darstellte. Er zeigte mit ausgestrecktem Arm und starren Augen hinüber zu den ›Sechs Jungfrauen‹, als wollte er mit lauter Stimme ausrufen: »Dort drüben gibt es dicke Störe!«

Das alles nahmen die Nowo Korsakier hin mit der Gelassenheit echter Waldmenschen. Nur als der

Parteifunktionär die Kirche abreißen lassen wollte und den damaligen Popen Bulak provokativ am langen, schwarzen Bart zog, wallte das alte Kosakenblut wieder auf. Der Parteimensch erlag einer rätselhaften Krankheit, bei der einem die Schädeldecke platzt. Er wurde schnell begraben, und dann wartete Nowo Korsaki gelassen auf den Neuen, der aus Magnitogorssk kommen mußte.

Mit den Jahren wuchs die kleine Stadt beachtlich, auch wenn sich an den Zufahrtsmöglichkeiten nichts änderte. Ein Sägewerk entstand, ein Magazin wurde gebaut, der Genosse Zwetkow wurde als Baubeauftragter eingesetzt, und er errichtete einen großen Lehrbetrieb, in dem Landwirtschaftsingenieure ausgebildet wurden. Ein Arzt kam nach Nowo Korsaki, dem ein Apotheker folgte, und da die neue Siedlung sich als die realisierte Idee eines Irren herausstellte (denn wie kann man Häuser bewohnen, zu denen keine Straßen führen?), bekam Zwetkow den Auftrag, auch noch für die Errichtung eines kleines Flugplatzes zu sorgen. So wurde Nowo Korsaki an die große weite Welt angeschlossen, wenn auch nur die Hubschrauber und Transportmaschinen der landwirtschaftlichen Schule dort landeten und aufstiegen.

Zuletzt war es auch nicht ausgeblieben, daß eines Tages Babajew, der als junger Mensch zur Ausbildung nach Smolensk gegangen war, in die Heimat zurückkehrte und im elterlichen Haus ein Fotogeschäft eröffnete. Er nahm von einem Fenster die Gardine weg, hämmerte dahinter einen Holzkasten zusammen, stellte in diesen zwei Fotoapparate und zwci auf Pappe gezogene Plakate mit Buntfotos von Moskau und Leningrad hinein, malte ein Schild: ›N. R. Babajew – Fotograf‹ und fertigte ein Porträt von der Großmutter des Parteisekretärs Kasutin an. Die uralte Schanna Bespulowa starrte ihr Bildnis an, klatschte in die Hände, verdrehte die Augen und fiel in Ohmacht. Es war das erste Foto, da sie von sich gesehen hatte.

So etwas spricht sich natürlich herum. Babajew bekam dadurch rasch viel zu tun, fotografierte so ziemlich jeden Bürger von Nowo Korsaki, baute sich noch ein Atelier ans Haus, ließ aus der Stadt die modernsten Laborgeräte kommen, die er vorführte wie ein Museumsdirektor seine seltenen Schätze, und stieg zu einer geachteten Person empor. Seine Spezialität waren die Fotos von Toten. Im Sarg aufgebahrt, mit Blumen umkränzt, gaben die geliebten Dahingeschiedenen die angestauntesten Motive her. Diese Bilder in schwarzen Rahmen, effektvoll beleuchtet, fehlten bald in keinem anständigen Haushalt von Nowo Korsaki mehr.

Aber auch Babajews sonstige Produktionen zeugten von hoher Begabung. Seine Fotos von der Kirche, seine Landschaftsaufnahmen, seine Reportagen über Hochzeiten oder Parteifeiern bereicherten das Kulturleben von Nowo Korsaki. Außerdem verkaufte er natürlich Fotoapparate, veranstaltete Fotokurse, entwickelte und vergrößerte Amateuraufnahmen und hielt Lichtbildervorträge. Man durfte es mit Fug und Recht aussprechen: Nikita Romanowitsch Babajew prägte maßgeblich das Gesicht von Nowo Korsaki mit.

Das alles zu wissen, ist ungemein wichtig. Denn wer kennt schon das Leben dort am unteren Tobol, in den Wäldern bei den ›Sechs Jungfrauen‹, in denen man noch wildlebende Luchse und Nerze antreffen kann, wo in den Sumpfgebieten die Biber ihre Dämme bauen und im Winter das Heulen von Wolfsrudeln das ganze, im Eis erstarrte Land erschauern läßt?

So etwas prägt die Menschen, macht sie hart und läßt sie anständig bleiben. Es zwingt sie, eine große, eng verbundene Gemeinschaft zu werden, in der Sorgen und Freuden geteilt werden. Kleine menschliche Schwächen sind natürlich gang und gäbe. Aber dafür war in Nowo Korsaki Akif Victorowitsch zuständig, der jeden Sünder in die Kirche holte, vor der Ikonostase beten ließ und ihn – je nach Verfehlung – in einem kahlen Seitenraum, in dem nur ein Foto von Babajew hing, eine Höllen-Ikone aus der Sankt-Isaak-Kathedrale in Leningrad darstellend, entweder ohrfeigte und ihm mehrmals in den Hintern trat, oder ihn zur Kasse bat zum Zwecke des Ausbaus der Kirche. Es gab daher wenige Sünder in Nowo Korsaki, und auch nur deshalb duldete der Parteisekretär Pjotr Dementijewitsch Kasutin die Kirche in seinem Bezirk. Er betrachtete sie ökonomisch als eine Art Filter.

An einem schönen Frühsommertag, für den jeder Mensch, der ein bißchen Gefühl besitzt, Gott zu danken bereit war, begann nun das Drama, das Nowo Korsaki mehr durchschüttelte als ein Erdbeben mittlerer Stärke.

Es begann ganz harmlos: Victor Semjonowitsch Jankowski gab bei dem Fotografen Babajew einen Rollfilm ab, zwölf Aufnahmen 6x6.

»Es wäre mir lieb, Genosse«, sagte Jankowski dabei, »wenn Sie die Bilder auf 18x18 vergrößern könnten. Das ist doch möglich?«

»Wenn Sie es wünschen, mache ich ein Plakat, so groß wie eine Hauswand, daraus«, antwortete Babajew ahnungslos. »Wann brauchen Sie die Bilder, Genosse?«

»Möglichst schnell.«

»Sagen wir übermorgen?«

»Gut.«

»Matt oder glänzend?«

»Hochglanz, bitte.«

Babajew notierte sich den Namen, steckte den Film in eine braune Tüte und vermerkte auf ihr den

Kundenwunsch. Jankowski kaufte auch noch einen neuen Film, sechs Blitzwürfel und verließ dann den Laden, wobei die Glöckchen oben an der Tür fröhlich klingelten.

Victor Semjonowitsch Jankowski war vor neun Wochen in Nowo Korsaki aufgetaucht und hatte sofort Aufsehen erregt. Er war jung, hellblond, groß, sportlich muskulös, hatte blitzende blaue Augen, immer ein Lächeln auf den Lippen und kam aus Leningrad. Er war mit einem hochbeinigen, mit Geräten vollbepackten Geländewagen in das Städtchen gekommen, hatte sich bei Kasutin gemeldet und ein sehr interessantes Papier vorgelegt. Demnach hatte er den Auftrag, in der Umgebung von Nowo Korsaki geologische Untersuchungen vorzunehmen, Probebohrungen und Vermessungen, und das Ministerium bat darum, ihm alle Unterstützung zuteil werden zu lassen.

Kasutin sagte ihm alles zu, quartierte Jankowski in einem alten Haus ein, das dem schwerhörigen Dachdecker Fessenko gehörte, einem zweiundachtzigjährigen Greis, der meistens in einem Lehnstuhl saß und seit vierzehn Jahren in einem bebilderten Buch las, das die Eroberung von Odessa durch die Rote Armee schilderte. Jankowski war viel unterwegs, meistens bei den ›Sechs Jungfrauen‹ und in den Wäldern, blieb auch manchmal ein paar Tage und Nächte draußen in der Wildnis, schlief in einem gefütterten Schlafsack und schoß sich seine Braten nach Wahl aus dem reichlichen Wildbestand heraus. Was er eigentlich tat, überblickte niemand, auch nicht Kasutin.

»Er ist Geologe«, sagte Kasutin zu den Neugierigen, die ihn bedrängten. »Er hat ein Schreiben vom Ministerium bei sich. Das genügt doch, Genossen? Sind wir berechtigt oder gar in der Lage, ein Schreiben des Ministeriums zu überprüfen? Ich bitte euch, meine Lieben! Das Dokument trägt drei Unterschriften und vier Stempel!«

So etwas imponiert jedem Russen. Ein Brief mit drei Unterschriften erzeugt Ehrfurcht. Dazu noch vier Stempel – Genossen, haltet den Mund! Victor Semjonowitsch ist in einer wichtigen Mission hier. Wenn er nicht von selbst darüber spricht – Ruhe bewahren, er wird seine Gründe haben. Man hört so wundersame Dinge, was alles unter dem Boden Sibiriens verborgen liegen soll. Wir dummen Alltagsmenschen sehen ja nur die Oberfläche.

Jankowski war in Nowo Korsaki bald ein beliebter Gast. Er konnte spannend erzählen, hatte gepflegte Manieren, starrte den Frauen der Gastgeber nicht sofort auf die Brüste, erzählte keine schweinischen Witze, spielte sehr gut Schach und war überhaupt ein betont höflicher, zurückhaltender Mensch. Seine männliche Attraktivität löste zuerst Alarm bei vielen Ehemännern und den

Vätern erwachsener Töchter aus, aber als sich herausstelle, daß der verführerische Victor Semjonowitsch keinerlei Katermanieren an den Tag legte, betrachtete man ihn als einen Glücksfall von Gast. Auch der Pope lud ihn mehrmals zum Essen ein, das heißt vielmehr, Akif Victorowitsch Mamedow berichtete bei diesen Gelegenheiten jeweils so herzerweichend von der Lage der Priester im einsamen Sibirien, daß Jankowski gar nichts anderes übrigblieb, als nicht sich einladen zu lassen, sondern umgekehrt den Popen zu einem opulenten Essen zu bitten. Mamedow erschien mit der Bibel in der Hand, segnete Jankowski, las vor Tisch aus der Heiligen Schrift vor und fraß dann alle Schüsseln leer.

Am begeistertsten von Jankowski aber war der alte Fessenko, der Hausbesitzer, bei dem der junge Mann wohnte: Victor Semjonowitsch brachte ihm nämlich von einer Reise nach Swerdlowsk einen neuen Bildband mit: ›Die Verteidigung von Leningrad gegen die Nazitruppen‹. Damit war Fessenkos Lebensabend ausgefüllt. Der Greis wurde in diesem Jahr ja zweiundachtzig.

Der Fotograf Babajew schloß also an diesem Tag seinen Laden pünktlich um 19.00 Uhr, holte aus dem Holzkasten die Amateurfilme und verschwand in seinem Labor. Obwohl das sein Beruf und damit seine Arbeit war, empfand Babajew immer Freude an den harmlosen Fotos, die seine Kunden knipsten und die er entwickelte und vergrößerte: Mamuschka beim Wäscheaufhängen; Großväterchen beim Holzspalten; eine Teerunde mit breit und dümmlich grinsenden Weibern; ein Hundebastard, der gerade auf Onkelchens Aktentasche schiß; ein junger Mann auf einem Fahrrad; ein halbwüchsiges Mädchen auf einer Schaukel zwischen zwei Birken; alles in allem die kleine, wichtige Welt seiner Mitmenschen, die in den Fotos konserviert wurde.

Gegen 22.00 Uhr hatte Babajew alle Filme entwickelt und gewässert. Sie hingen zum Trocknen an der Leine und sollten kurz danach durch die kleine Kopiermaschine laufen. Auch darin war Babajew fortschrittlich eingerichtet – die normalen Abzüge vertraute er einer Maschine an. Anders verhielt es sich mit den Bildern von Jankowski. Dieser war ein kritischer Kunde, da kam es auf Feinheiten an, da war gute Handarbeit vonnöten. Da mußte man Zwischentöne herausholen, grobe Schatten beim Vergrößern wegwedeln . . . es gibt da einige Tricks, die nur Profis, wie Babajew einer war, bekannt sind.

Kurz nach 22.00 Uhr hing Jankowskis Film allein an der Leine. Babajew starrte die Negative an, bereitete dann mit zitternden Händen die Vergrößerung vor, spannte das erste Negativ ein, projizierte es in der Größe 24x24 (statt wie gewünscht

18x18) auf den Tisch und legte dann das Papier unter. Mit dicken Schweißperlen auf der Stirn belichtete er, trug dann mit der Zange das Papier zum Entwicklungsbad und legte es hinein. Langsam erwachte unter seinen starren Augen das Foto auf dem Papier, nahm Formen an, wurde deutlich, erreichte den richtigen Punkt. Babajew holte das Blatt aus der Brühe, schwenkte es im Fixierbad und hängte es dann mit einer Klammer an die Schnur. Ganz kurz ließ er es abtropfen, nahm die Vergrößerung und rannte hinaus. Er legte es unter eine starke Lampe, warf sich davor in einen alten Korbsessel und wischte sich zunächst den Schweiß aus dem Gesicht. Durch seinen Körper lief ein leichtes Zittern, so, als habe man ihn an einen schwachen elektrischen Strom angeschlossen, der nun mit seinem Blutkreislauf durch alle Adern floß.

»Das ist toll!« sagte Babajew mit trockener Kehle. »Du lieber Himmel, das ist mehr als toll! Ganz ruhig, Nikita Romanowitsch . . . laß dich nicht von einem Schlaganfall umwerfen. Behalte die Nerven. Atme tief durch, geh zurück in die Dunkelkammer und vergrößere auch die anderen Fotos. Ganz ruhig . . .«

Eine Stunde später hingen die zwölf Vergrößerungen hochglänzend und scharf vor Babajew. Er saß da mit gefalteten Händen, genoß den Anblick und war sich klar darüber, daß er diese Nacht nicht würde schlafen können. Auch ein Fotograf hat eine angreifbare Seele.

Erschüttert entledigte sich Nikita Romanowitsch seines Auftrags, vergrößerte die zwölf Fotos auf das gewünschte Maß von 18x18, steckte sie in ein großes Kuvert, schrieb darauf mit Rotstift ›Für den Genossen Jankowski‹ und verschloß die Bilder in der Schublade.

Dann kehrte er zurück zu seinen privaten 24x24-Vergrößerungen, lehnte sich im Sessel weit zurück und ließ den Blick über die zwölf Fotos schweifen. Ab und zu trank er einen Schluck Wodka, holte sich eine große Zwiebel, schälte und aß sie und verzehrte dazu auch noch einen Kanten Brot.

»Ungeheuerlich«, sagte er ab und zu. »Eine grandiose, herrliche Schweinerei. Und das in Nowo Korsaki! Eine Gemeinheit ist die Anonymität. Aber ich bekomme es heraus. Ich bekomme es heraus! Victor Semjonowitsch Jankowski, Sie sind ein beneidenswertes Schweinchen. O Gott, haben Sie es faustdick hinter den Ohren! Ich wette, Sie werden nicht einmal verlegen oder rot, wenn Sie die Bilder von mir abholen. Ha, wie abgebrüht müssen Sie sein!«

Babajew hatte wirklich eine schlechte Nacht.

Mit dem Genossen Parteisekretär Pjotr Dementijewitsch Kasutin konnte jeder sprechen, wenn er zwischen 11.00 und 12.00 Uhr im Parteihaus erschien und etwas wirklich Wichtiges vorzutragen hatte. Waren es aber nur Schwätzereien, und darüber entschied Kasutin allein kraft seines Amtes, trug das eine Strafe wegen Diebstahls an volkseigener, wertvoller Arbeitszeit ein. Wer nicht mit Rubeln bezahlen konnte, mußte Naturalien abliefern, etwa Speck oder Eier, Salzfleisch oder Marmelade, oder er mußte eine Stunde lang unentgeltlich für die Stadtsäuberung tätig sein. Durch solch fortschrittliche Methoden war Kasutin zu einem der am wenigsten belästigten Männer von Nowo Korsaki geworden. Oft konnte er zur Jagd gehen, widmete sich aber auch dem Studium der Parteischriften und glänzte bei Feiertagsreden mit Zitaten von Lenin, Marx, Breschnew und mit herzergreifenden Worten großer russischer Dichter. Der Pope Akif hatte es schwer, sich dagegen zu behaupten; mit frommen Bibelsprüchen war da wenig auszurichten; das klang alles sehr veraltet gegen die markigen Worte von Kasutin, bis Akif sich erinnerte, daß es im fernen Westen einen Priester mit Namen Abraham a Santa Clara gegeben hatte, dem es gelungen war, mit Flüchen und Verwünschungen die Kirchen zu füllen. Akif versuchte das nun auch, nachdem er vorher Gott um

Verzeihung gebeten und eine dicke Kerze angezündet hatte.

Erstaunt hörten die Gläubigen eines Sonntags, wie Akif Victorowitsch mit Donnerstimme über ihre Häupter brüllte: »Was muß ich da hören? Da treibt ihr Hurerei und freßt euch die Wänste voll und sauft wie die Kühe im Trockenjahr! Hebt bloß nicht eure Köpfe! Euer sündiger Blick könnte den Himmel aufreißen!«

Nach der Predigt erschien Kasutin durch den Hintereingang in Akifs Wohnung und blickte ihn finster an. »Soll das ein neuer Stil sein?« fragte er ahnungsvoll.

»Ja«, erwiderte Akif.

»Wo soll das hinführen?«

»Zur Wahrheit. Ich werde jedem seine Sünden öffentlich vorhalten.«

»Die werden Ihnen die Kirche stürmen.«

»Ja, aber auf den Knien.«

»Man wird alles dementieren.«

»Das ist eure Stärke. Ich weiß es. Pjotr Dementijewitsch, Sie haben Ihre Lenin-Zitate, ich greife ins volle Menschenleben.«

»Was wissen Sie von mir?« fragte Kasutin, vorsichtiger gestimmt. »Väterchen Akif, man kann in aller Ruhe darüber reden.«

Mamedow war klug genug, nicht zu sagen, daß er gar nichts wußte. Er blinzelte Kasutin nur wie einen

Verschwörer an, kniff ein Auge zusammen, lächelte breit, strich über seinen langen Bart und hüstelte impertinent. Kasutin erbleichte leicht, winkte ab und wandte sich zum Gehen.

»Sie können jederzeit wiederkommen«, rief Akif ihm nach und rätselte seit diesem Gespräch daran herum, welcher unbekannten Gemeinheit Kasutin wohl zu bezichtigen war.

Heute nun meldete Kasutins Sekretärin, die muntere Dunja Sergejewna, daß der Genosse Babajew unbedingt außer der Reihe den Genossen Parteisekretär sprechen müsse. Kasutin blickte betroffen auf die Uhr, sah, daß es kurz nach neun war, und ließ Babajew sofort eintreten. Wie immer am Morgen hatte Kasutin gerade gefrühstückt, las dabei die Zeitung und ließ sich von Dunja Sergejewna bedienen. Sie schmierte ihm ein Brot mit Butter und Honig, schüttete ihm den Tee ein, süßte diesen, goß Sahne dazu und servierte ihm die Herrlichkeiten von hinten, indem sie ihm dabei ihren Busen auf die Schulter legte. Das Frühstücksvergnügen wurde noch verstärkt dadurch, daß Kasutins Frau Vera und die beiden Kinder eine Ferienreise nach Rostow angetreten hatten, also weit genug weg waren, um den Familienvorstand vor Überraschungen sicher sein zu lassen.

»Mein guter Nikita Romanowitsch, du erschreckst mich«, sagte Kasutin, als Babajew ins

Babajew setzte sich ächzend, legte das große Kuvert auf den Tisch . . .

Zimmer stürmte. »Du lieber Himmel, wie siehst du denn aus, hast du ein Gespenst im Haus?«

Babajew setzte sich ächzend, legte das große Kuvert auf den Tisch und holte ein paarmal tief Luft. Dunkle Schatten umrandeten seine Augen, bleich waren die Lippen, sie zitterten, und die Wangenmuskeln zuckten. Babajew schielte zu Dunja Sergejewna hinüber, die an der Tür stand und wartete. Er hob die Hand, bohrte verzweifelt mit dem Daumen in der Nase und winkte dabei mit dem kleinen Finger. Kasutin verstand endlich.

»Ich rufe dich wieder, Genossin«, sagte er amtlich.

Dunja verließ den Raum. Mit einem Seufzer sackte Babajew in sich zusammen. Er öffnete die Lasche des Kuverts, aber zog den Inhalt nicht heraus.

»Du kennst Victor Semjonowitsch Jankowski?« fragte er rauh.

Kasutin hob die Augenbrauen. »Aber ja!« sagte er. »Wer kennt ihn nicht? Was willst du?«

»Was hältst du von ihm?«

»Er ist kein gewöhnlicher Mann.«

»Das kann man sagen.« Babajew schnaufte durch die Nase. »Und du kennst mich auch . . .«

Kasutin wurde vorsichtig. Er betrachtete Babajew genauer und schüttelte den Kopf. »Betrunken siehst du nicht aus.«

»Ich war immer ein ehrlicher Mensch, immer vertrauenswürdig, immer verschwiegen, diskret wie eine weiß getünchte Mauer, ein ehrlicher Freund, ein fleißiger Bürger, ein treuer Kommunist, ein anständiger Christ . . .«

»Willst du ein amtliches Führungszeugnis?« fragte Kasutin ungeduldig. »Wer um 9.00 Uhr morgens zu mir kommt . . .«

Babajew hob beide Arme, als müsse er einen Geist beschwören, zog dann die Vergrößerungen aus dem Kuvert und legte sie mit den Vorderseiten nach unten auf den Tisch. Kasutin spürte ein Kribbeln unter seinen Haaren. Die große Angst aller Russen, in seiner Umgebung könne sich ein Spion oder sonst etwas Staatsgefährdendes herumtreiben, ergriff auch ihn. Bisher war Nowo Korsaki von solchen Problemen verschont geblieben, mit Ausnahme des Streits, den Kasutin mit der Parteileitung in Magnitogorssk hatte ausfechten müssen, von der ihm vorgeworfen worden war, er dulde noch immer eine Kirche und einen Popen in seiner kleinen Stadt. Das sei eine Schande. Kasutin hatte daraufhin den Ersten und den Zweiten Sekretär der Parteileitung nach Nowo Korsaki zur Jagd eingeladen, damit sie sich selbst ein Bild von der Bevölkerung machen konnten. Auch der Pope, Väterchen Akif, zog mit hinaus in die Wälder. Zwei Trupps wurden gebildet, und irgendwie geschah es, daß sich der Trupp mit den beiden Gästen verirrte und hilflos umherirrte. Der mitgegebene korsakische Bürger Iwan Filippowitsch Putschkin entpuppte sich in dieser Situation als Schwachkopf und Angsthase, der sich auf einen Baumstumpf setzte und resignierte, bittere Tränen weinte und verzweifelt nach dem Popen rief, damit er noch ein letztes Mal beichten könne, bevor die Wölfe ihn zerreißen würden.

Die Gäste aus der Hauptstadt lernten das große Zittern. In der folgenden Nacht, an einem winzigen Feuer, das wegen des nassen Holzes erbärmlich qualmte, hörten sie das Heulen der Mörderrudel, mal näher, mal weiter weg, aber stets um sie herum, und das fuhr ihnen so in die Knochen, daß der Erste Sekretär in dieser Nacht fünfmal hinter einem dikken Baum verschwand, sich hinhockte und seine Angst aus dem Darm drückte.

Und immer wieder heulten die Wölfe. Zuletzt so nahe, daß der halbblöde Iwan Filippowitsch auf die Knie fiel, ein Kirchenlied sang und betete.

»Nun reicht's«, flüsterte damals Kasutin dem Popen Akif zu, der ein Wolfsgeheul so erschrekkend nachmachen konnte. »Jetzt werden wir sie retten.«

Väterchen Akif nahm daraufhin sein Gewehr und ballerte los, brüllte und keuchte und brach als Erlöser aus dem Dickicht auf den Rastplatz. Er sah imponierend aus mit seinem eisverkrusteten Pelz und dem gefrorenen Bart.

»Sie sind weg!« schrie er und schwenkte sein Gewehr. »Zwei habe ich erlegt, und die anderen . . . hui, fort sind sie! Feige Burschen alle! Man muß ihnen nur mutig gegenübertreten, so wie Sie, Genossen aus Magnitogorssk! Bravo, ihr harten Männer!«

Drei Tage später reisten die Parteifunktionäre wieder ab. Von einer Schließung der Kirche wurde nie wieder gesprochen.

Das war also die einzige Schwierigkeit gewesen, die Kasutin bisher gehabt hatte. Nun saß der Fotograf Babajew vor ihm, um 9 Uhr in der Früh, zitternd und bleich, und legte noch unbekannte Fotos vor, denen etwas Ungeheuerliches anhaften mußte.

»Was . . . was hast du da fotografiert?« fragte Kasutin mit vorsichtiger Stimme.

»Ich nichts. Der Genosse Jankowski. Ich habe die Bilder nur entwickelt und vergrößert.«

Jankowski! Meine Ahnung, dachte Kasutin. Mein Gefühl. Meine innere Stimme. Schon als er das erstemal hier hereinkam, groß, blond, ungehemmt, da wußte ich: Mit dem bekomme ich Schwierigkeiten. Das ist ein Mensch, so kraftvoll, so siegessicher, der spuckt einem ins Gesicht und ruft dazu noch Prost.

Jankowski also. Trotz dreier Unterschriften und vier Stempeln. Welch vollkommene Tarnung! Geologe! Da kommt man mit seinen Instrumenten überall hin, da fällt nichts auf von dem, was man tut. Da kann man zusehen, und der Kerl spioniert.

»Was ist auf den Fotos zu erkennen?« fragte Kasutin gepreßt.

»Ich bitte um strengste Diskretion.« Babajew hob das erste Foto hoch und hielt es Kasutin vor die Augen. »Und bitte Ruhe bewahren.«

Kasutin starrte die Vergrößerung an, beugte sich vor, seine Augäpfel begannen zu vibrieren.

Babajew nickte.

»Das sind Bilder, was?« sagte er gedehnt.

Kasutin nahm den Kopf zurück, wischte sich fahrig über die Augen und zeigte dann auf den flachen Stapel.

»Alle so?« fragte er heiser.

»Ja.«

»Alle mit dem nackten Weib?«

»Alle. Mal von vorn, mal von der Seite, mal von hinten, dann schräg von oben, schräg von unten . . .«

»Hör auf, Nikita Romanowitsch!« rief Kasutin. »Das ist ja unglaublich!«

»Überzeuge dich. Ein Foto schlimmer als das andere. Das sind wirklich Gipfelpunkte an Unanständigkeit.«

»Fotos unseres Genossen Jankowski?«

»Das ist es ja, Pjotr Dementijewitsch.«

Babajew breitete die Bilder nun nebeneinander aus. Kasutin liefen die Augen fast über. Da dehnten sich die Schenkel, rundeten sich die Hüften, wölbten sich die Brüste, glänzten die Leiber, schimmerten die Schultern, spannten sich die Rückenmuskeln, lockten die Hinterbacken. – Jankowski war ein Meisterfotograf.

»Dies hier ist offensichtlich eine wunderschöne Frau, und sie muß in Nowo Korsaki wohnen«, erklärte Babajew. »Der Film ist vor kurzem erst abgeknipst worden. Jankowski ist aber nie zusammen mit einer Frau gesehen worden. Es sind also heimliche Aufnahmen, es sind Fotos einer Frau, von der niemand weiß, daß sie sich nackt von Jankowski knipsen läßt. Das ist es, was mich so unruhig macht. Welche Frau bei uns ist so schön? Welche hat einen solch himmlischen Körper? Welche hat dieses verborgene Verhältnis zu Jankowski? Diese Fragen machen mich ganz krank.«

Kasutin schwieg. Er starrte die Fotos an und verstand die Aufregung Babajews. So vollkommen alle Bilder waren, jedem fehlte eins – der Kopf. Die Schönheit begann am Unterteil des Halses und endete unterhalb der Knie. Von welcher Seite und aus welcher Perspektive diese unanständigen Fotos auch aufgenommen worden waren – der Kopf fehlte. Dieser Superlativ an Schönheit war anonym . . . aber es war ein Superlativ, der mitten unter ihnen lebte.

Kasutin räusperte sich, nahm jedes Bild in die Hand, führte es nahe an seine Augen und tastete jeden Millimeter ab.

»Es ist vergeblich«, ließ sich Babajew vernehmen. »Ich habe schon mit der Lupe alles abgesucht.«

»Du bist ein Ferkel, Genosse Babajew!«

»Es geht mir nur um die Aufklärung. Ich will diese Sittenlosigkeit entlarven, will ihr das Wasser abgraben.«

Kasutin ließ die Bilder fallen. Ihr so genauer Anblick erregte ihn mehr, als er zugeben wollte. Außerdem erinnerte ihn die Brustform zu sehr an Dunja Sergejewna. Bei diesem Gedanken erstarrte er plötzlich innerlich und wurde rötlich im Gesicht. Ein Fetzen Erinnerung explodierte in ihm. Wie sagte Jankowski immer, wenn er draußen im Vorzimmer auf Dunja traf? »Ha, da ist ja meine kleine Eichkatze! Dunja, Sie entwickeln sich zu einer permanenten Gefahr: Sie werden täglich hübscher!« Und was tat Dunja dann? Sie kicherte blöd, rollte mit den Augen und wackelte mit dem Hintern.

Kasutin riß ein Bild an sich, das die Unbekannte von hinten zeigte. Die Ähnlichkeit war unverkennbar. Pjotr Dementijewitsch stöhnte nach innen und nagte an der Unterlippe. Es konnte Dunja sein. Diese ausgeprägte Spalte zwischen den Backen. Der durch die Haut sich drückende, schwache Punkt des Steißknochens. Kasutin kannte Dunjas Körper so gut, daß sein Atem um so mehr zu rasseln begann, je länger er die Fotos betrachtete. Ist das möglich, dachte er verbittert. Sie betrügt mich mit diesem Kerl! Während ich Lenin studiere, läßt sie sich von oben und unten, von rechts und links, von hinten und vorn fotografieren. Welche Verworfenheit! Welcher Sittenverfall! Natürlich hat er sie mit seinen blonden Haaren und seinen blauen Augen herumgekriegt, mit seinen großsprecherischen Erzählungen, mit seinem ganzen verfluchten Talent, Frauen zu gefallen. Dunja Sergejenka! Wie schwer einem das Herz dabei wird!

Kasutin warf die Fotos weg und versteckte seine Hände unterm Tisch. Babajew sollte nicht sehen, wie sie zitterten.

»Es wäre am einfachsten, Jankowski selbst zu fragen«, stieß er hervor.

»Um Gottes willen, das ist unmöglich! Ein Fotograf hat so verschwiegen zu sein wie ein Beichtvater. Der Fotograf ist der enge Vertraute des Kunden. Völlig unmöglich, zu fragen: Victor Semjonowitsch, wer ist die schöne Nackte? Er könnte mich ohrfeigen, und ich dürfte ihn noch nicht einmal

Kasutin riß ein Bild an sich, das die Unbekannte von hinten zeigte.

anzeigen. *Du* darfst von den Bildern überhaupt nichts wissen!«

»Und warum zeigst du sie mir dann?« regte sich Kasutin auf. »Warum stiehlst du mir den inneren Frieden?«

Babajew sah Kasutin mit unglücklichen Augen an. »Wir sind Freunde«, sagte er. »Und wir sind Menschen mit eisernen Grundsätzen. In unserer Mitte ist eine himmlisch schöne Frau auf einem schlechten Weg. Nicht auszudenken, was daraus erwachsen kann. Ehetragödien, Mord, Selbstmord, Kinderweinen um ihre Mutter, ein Vater knüpft sich auf wegen der sittenlosen Tochter . . . Wir können das alles verhindern, Pjotr Dementijewitsch, wenn wir herausbekommen, wer diese nackte Frau auf den Fotos ist. Man muß sich den Kopf dazu suchen, dann haben wir sie. Man muß Vergleiche anstellen, sich umsehen. Wer könnte einen so schönen Körper haben? Die Auswahl ist ja verschwindend gering. Wer hat schon einen solch vollendeten Leib, solch feste Brüste, solch glatte Schenkel, diese hintere Rundung?«

»Ja, wer hat so etwas?« Kasutin dachte wieder an Dunja Sergejewna und an die Möglichkeit, daß sie mit Jankowski heimlich verbotene Freuden genoß. Im Haus des alten Fessenko war das möglich. Der Alte war schwerhörig, und wenn Dunja oben in Jankowskis Wohnung keuchte und stöhnte, hörte

Fessenko das nie und nimmer, vor allem nicht, wenn er in seinem Kriegsbuch schmökerte. Jetzt verstand Kasutin auch, warum Jankowski dem Alten den Bildband von Leningrad mitgebracht hatte.

Er knirschte mit den Zähnen, ballte zornig die Fäuste unterm Tisch und begann vor Wut zu schwitzen.

»Wie stellst du dir das vor?« fragte er Babajew mit rauher Stimme. »Ich kann doch nicht jedes weibliche Wesen ins Parteihaus bestellen und befehlen: Genossin, ziehen Sie sich bitte aus, ich muß Sie von Amts wegen betrachten. – Es würde Männer geben, die diesen Erlaß vorher sehen wollten.«

»Man könnte es anders machen«, sagte Babajew nachdenklich. »Das Gesundheitsgesetz enthält die Vorschrift der Vorsorgeuntersuchung. Wenn du morgen bekanntgibst, daß im Gebiet des unteren Tobol einige Cholera-Fälle auftreten und sich deshalb sämtliche Frauen vorsorglich untersuchen lassen müssen, hast du sie alle hier. Das wäre am unauffälligsten.«

»Das geht nur, wenn Dr. Lallikow mitmacht.« Kasutin starrte Babajew trübsinnig an. Das Mißtrauen gegen Dunja Sergejewna zerfraß ihn. Er nahm noch einmal die Bilder, fächerte sie durch und blieb an dem Foto mit den Schenkeln hängen. Wie ein Blitz schlug es bei ihm ein, diese Haltung kannte er. So saß seine Vera manchmal da, wenn sie aus dem Bad stieg und sich vor dem Spiegel kämmte. Genau so! Ihre Hockerhaltung. Seine Frau Vera. Prachtvolle Schenkel, glatt und wohlgeformt, nach dem Bad schimmernd und nach Rosenseife duftend.

Vera! Die Mutter seiner beiden Kinder. Wie oft war Jankowski schon zu Gast gewesen? Kaum zu zählen! Und jedesmal hatte sich Vera wie ein junges Mädchen benommen, hatte besonders gut gekocht und war herumgehüpft wie ein Fohlen. Völlig verändert war sie jedesmal gewesen, wenn Jankowski sich angemeldet hatte. Ja, genau so war es. Kasutin fiel es wie Schuppen von den Augen. Und die Fotos stimmten dazu. Das waren nicht Bilder der Schenkel eines jungen Mädchens, sondern Bilder einer gesunden, kräftigen Frau von 39 Jahren. Vera Konstantinowna Kasutina! O Gott, halt mich fest, daß ich nicht mein Gewehr aus dem Schrank reiße und zu Jankowski renne! Ich weiß ja gar nichts, ich darf die Fotos ja gar nicht gesehen haben. Es muß alles in der Stille erledigt werden. Bisher war Nowo Korsaki eine Stadt ohne Skandale gewesen . . .

»Natürlich müssen wir Dr. Lallikow einweihen«, sagte Babajew eindringlich. »Die Reihenuntersuchung kann nur er vornehmen. Dann wird es ganz einfach sein. Ich stehe hinter einer Wand, gucke durch ein Loch und habe dabei die Bilder in der Hand. Mein fotografisches Auge sieht sofort, wenn das Modell Jankowskis sich vor Dr. Lallikow dreht. Ich gebe dir dann ein Zeichen.«

»Es wird unmöglich sein.« Kasutin schüttelte den Kopf. »Dr. Lallikow wird nie zulassen, daß du dir alle Frauen von Nowo Korsaki nackt betrachtest. Welch ein Gedanke!«

»Aber Dr. Lallikow darf das schon?«

»Dafür hat er Medizin studiert. Ärzte im Amt sind geschlechtslose Wesen. Ein wirklich schwerer Beruf.« Kasutin blickte aus dem Fenster. Draußen fuhr der dicke Baubeauftragte Zwetkow vorbei; er war der einzige, der einen großen Wolga-Wagen besaß. Seine Frau, Antonina Pawlowna, saß neben ihm. Sie war bekannt für ihre Schönheit, nur schminkte sie sich zu stark. Beim Fest der Komsomolzen hatte sie den ganzen Abend mit dem Geologen Jankowski getanzt. Der gutmütige Zwetkow hatte sich darüber gefreut, er war fürs Tanzen zu dick geworden.

Kasutin erstarrte, blickte wieder auf die unanständigen Fotos und wurde von Zweifeln zerrissen. Dunja, Vera oder vielleicht Antonina Zwetkowa? Babajew hatte recht: Hier mußte eine Klärung erfolgen. Es war mörderisch, mit dieser Ungewißheit zu leben. Die nackte Schöne mußte einen Kopf bekommen und damit eine Identität.

Kasutin griff zum Telefon und rief Dr. Lallikow an. »Ich brauche Sie dringend, Simon Michailowitsch«, sagte er heiser. »Mir zerspringt sonst der Kopf.«

Dr. Lallikow kam sofort. Er war ein kleiner, fetter Mensch und trug eine Brille, deren Gläser so dick und geschliffen waren, daß jedem, der nur die Brille ansah, sofort die Augen tränten. Er war kurzatmig, was er aber nicht seiner Fettleibigkeit zuschrieb, sondern einem rein psychischen Leiden, erzeugt von seinen teuflischen Patienten, die ihm die Lunge einengten und das Herz abdrückten, wie er behauptete.

Von der Ausbildung her war Lallikow nämlich Chirurg und hatte Jahre davon geträumt, Chefarzt einer großen Klinik zu werden. Aber dann war ihm der Hodenbruch des Vorsitzenden des Eisenkombinats ›Ehre des Ural‹ in Swerdlowsk dazwischengekommen. Boris Nikolajewitsch Werschokin, so hatte der einflußreiche Mann geheißen, hatte sich mit seinem lästigen Bruch in die Hände von Dr. Lallikow gegeben, in der berechtigten Hoffnung, nach wenigen Tagen wieder herumspringen zu können wie ein Böcklein. Lallikow hatte phantastisch operiert, weggeschnitten, ausgeräumt, geradezu künstlerisch genäht, aber als der Genosse Werschokin frohgemut wieder ins häusliche Reich zurückge-

Dr. Lallikow kam sofort.

kehrt war und seine liebebedürftige Frau Praskuja ihren Erwartungen handgreiflichen Ausdruck verliehen hatte, war ihr ein Entsetzensschrei entfahren, während Boris Nikolajewitsch in einen erstarrenden Schock gefallen war.

Die Sache war nicht mehr reparabel gewesen: Dr. Lallikow hatte den Vorsitzenden Werschokin in höchster künstlerischer Vollendung entmannt. Natürlich war der Skandal unterdrückt worden und hatte man Werschokin daran hindern können, Lallikow die Hirnschale einzuschlagen, aber mit der großen Karriere des Chirurgen Lallikow war es ein für allemal vorbei. Dr. Lallikow hatte in der Klinik die Obduktion der Gestorbenen, deren Todesursachen nachgegangen wurde, übernehmen müssen. Er hatte sich vor Kummer dann in drei Jahren seinen ungeheuren Bauch angefressen und schließlich entnervt aufgegeben. Er war nach Nowo Korsaki gezogen, wo man eine Arztstelle ausgeschrieben hatte. In seiner Praxis dort raunzte er die Patienten an und wurde vor Gram immer dicker und kurzatmiger.

»Wenn man bedenkt«, sagte er machmal, »daß ich dazu ausersehen war, ganze Organe zu verpflanzen und die Chirurgie zu revolutionieren, nun aber hier in den Wäldern herumsitze und festsitzende Fürze lockern muß, dann fällt das Elend der ganzen Menschheit auf mich hernieder.«

Daß er nach Kasutins Anruf sofort kommen konnte, verdankte er seiner Art, mit den Patienten unzuspringen. Mit dem Parteisekretär verband ihn die Liebe zum Schachspiel, das die einzige Abwechslung war, die sich Dr. Lallikow gönnte, es sei denn, man rechnete zu seinen Liebhabereien noch das wöchentliche Klistier hinzu, das er dem Popen Väterchen Akif verabreichen mußte.

»So weit geht Gottes Güte nicht, daß er sich auch noch um den lahmen Darm seines Popen kümmert!« rief Dr. Lallikow jede Woche einmal mit unterdrückter Freude in der Stimme, wenn Väterchen Akif mit verkniffenem Gesicht auf dem Bauch lag und seinen nackten Hintern ihm entgegenstreckte. »Väterchen, tief Luft holen. Jetzt gurgeln wir mal kräftig.«

An diesem Morgen nun, nach Kasutins Notruf, riß Dr. Lallikow die Tür zu seinem Wartezimmer auf, überblickte die Schar der wartenden Patienten und brüllte: »Fließt einer weg? Nein! Fällt einer um? Nein! Ihr könnt alle warten, ihr glotzäugigen Simulanten! Ich muß weg zu einem lebensbedrohlichen Fall!«

Da niemand wagte, Dr. Lallikow zu verärgern – schließlich war er der einzige Arzt in Nowo Korsaki, und man wußte nie, ob man ihn nicht bald wirklich dringend brauchen würde –, nickten sie alle, machten traurige Gesichter und blieben geduldig sitzen.

Auch das hatte seinen Sinn, denn wenn Lallikow nicht in der Praxis war, gab es immer noch die Sprechstundenhilfe Marfa Felixowna.

Marfa hatte eigentlich Schneiderin gelernt, was Lallikow als beste Eignung dazu ansah, Verbände zu wickeln und Fäden zu ziehen. Und tatsächlich hatte sich Marfa gut eingearbeitet. Sie schmiß die Praxis zu 80 Prozent allein, bildete sich durch die Lektüre von Fachzeitschriften weiter und stieß dabei auf den Titel ›Medizinische Assistentin‹. Da sie mit Berechtigung annahm, die Arbeit einer solchen bei Dr. Lallikow zu verrichten, verlangte sie ab sofort, daß man sie ›Frau Assistentin‹ titulierte. Die Patienten schwenkten willig um und begrüßten sie ehrfurchtsvoll mit der neuen Bezeichnung, denn kein Mensch fühlt sich armseliger als ein Patient, der voll und ganz der Gnade ärztlicher Behandlung ausgesetzt ist. So kam es, daß man aufatmete, wenn Dr. Lallikow plötzlich die Praxis im Stich lassen mußte und Marfa Felixowna den Laden übernahm. Erstens ging dann alles schneller, zweitens wurde man nicht beschimpft, drittens hatte Marfa sensible, weiche Hände, von denen man sich gern abtasten ließ, und viertens stimmten ihre Diagnosen fast immer. Sie waren differenzierter als jene von Dr. Lallikow. Wenn Lallikow brüllte: »Du hast Rükkenschmerzen, sagst du? Da haben wir es wieder! Hast gestern am Sonntag wieder gefressen wie ein

Bär, und jetzt staut sich alles im Darm! Komm wieder, wenn du den Kübel voll hast!«, dann konnte man von Marfa Felixowna hören: »Das böse Rheuma. Hier hast du eine gute Salbe. Abends kräftig in den Rücken einmassieren.«

Man kann verstehen, daß man Marfa als einen wahren Segen ansah, der aber leider ohne Dr. Lallikow nicht möglich war.

Kasutin und Babajew zuckten zusammen, als Dr. Lallikow in das Parteibüro stürmte und die Sekretärin Dunja Sergejewna mit der Bemerkung ausschaltete: »Halt den Mund, Druckflecke kann man überpudern.«

Kasutin zuckte wie unter einem heftigen Schlag zusammen und starrte den Arzt irritiert an. »Was sagen Sie da, Genosse Lallikow?« fragte er mit rostiger Stimme.

»Sie haben nichts gehört«, knurrte Lallikow und setzte sich neben Babajew. »Ich unterliege der ärztlichen Schweigepflicht.«

»Wieso hat Dunja Sergejewna Druckflecken?« fragte Kasutin trotzdem mit einem Beben in der Stimme. »Und wo, bitte, hat sie diese?«

»Warum sollte ich sofort kommen?« wich Lallikow aus.

»Wegen der Schweigepflicht«, warf Babajew dazwischen.

»Die ist eisern.«

»Dem Himmel sei Dank.« Babajew rieb sich die Hände. »Sie können uns eine wertvolle Hilfe sein, Doktor.«

Kasutin winkte mit beiden Händen ab. »Was ist mit Dunja?« bohrte er weiter. »Genosse Lallikow, als Parteisekretär und Arbeitgeber bin ich für das Wohl meiner lieben Bürger verantwortlich. Wieso tauchen bei Dunja Sergejewna Druckflecken auf? Seit wann? Sind sie mechanischen oder animalischen Ursprungs? An welchen Stellen befinden sie sich?«

»Es geht darum«, sagte Babajew und begann auf einmal zu schwitzen, »eine Frau ohne Kopf zu finden.«

»Ha!« Lallikow zuckte von der Stuhllehne. »Ein Mord?« Sein Herz schlug einen Wirbel. Er hatte sich schon immer gewünscht, als medizinischer Sachverständiger in einem Kriminalfall tätig werden zu können, um zu beweisen, wie messerscharf seine Gedanken noch waren. Aber in Nowo Korsaki passierte nichts; die Menschen dort stanken vor Ehrbarkeit. Als einmal, vor vier Jahren, der Überlandfahrer Sergeij die Tochter des Tischlers Njemlenko gewaltsam geschwängert hatte, war der Fall sofort erledigt gewesen, als Sergeij das Mädchen heiratete. Von Drama gar keine Rede. Die Menschen in Sibirien barsten vor Ehrlichkeit. Aber nun das! Eine Frau ohne Kopf! In Nowo Korsaki! Dr.

Lallikow bekam einen seiner kurzatmigen Anfälle und mußte sich an der Tischkante festhalten.

»Ein Lustmord?« keuchte er mit hervorquellenden Augen. »Mißbraucht und dann Kopf ab? Hui! Durch den Ort weht ein böser großstädtischer Wind. Wo kann man die Dame besichtigen?«

»Hier.« Babajew legte seine Hände auf die Fotos. »Ich habe sie vergrößert.«

»*Was* haben Sie?« fragte Lallikow atemlos.

»Ich habe zwölf Fotos von ihr. Von oben und unten, von allen Seiten.«

»Toll.«

»Aber der Kopf fehlt.«

»Natürlich.« Dr. Lallikow streckte die Hand aus und wedelte mit den Fingern. »Geben Sie her. Reden Sie nicht so viel, Nikita Romanowitsch. Ist es eine saubere Köpfung? Ich meine: ein glatter Schnitt? Die Fotos her! Behindern Sie nicht die Wahrheitsfindung.«

»Es geht uns darum, Doktor«, sagte Kasutin und zog die Fotos an sich heran, bevor Lallikow sie ergreifen konnte, »ob Sie die Unbekannte identifizieren können. Ob Sie sie auch ohne Kopf erkennen, nur anhand ihres Körpers? Die Brüste, der Bauch, die Schenkel . . .«

»Sie ist nackt?« fragte Lallikow und schnaufte schwer.

»Ja, völlig.«

»Einwandfrei ein Sexualdelikt.«

»Man kann es wohl so nennen«, sagte Babajew. »Auf jeden Fall ist das für unsere Stadt ein riesiger Skandal. Da läßt sich eine Frau nackt fotografieren . . .«

»Wenn man keinen Kopf mehr hat, ist das noch verzeihlich.« Lallikow setzte sich wieder. Sein Asthmaanfall war vorüber. »Wo liegt die Frau? Der Körper selbst gibt mehr Aufschluß als die Fotos.«

»Wir haben nur die Bilder.« Kasutin seufzte. »Das ist es ja, Genosse Lallikow, wir haben nur die Fotos ohne Kopf und wollen nun wissen, wer es ist. In Ihrer Praxis sind doch schon alle Frauen von Nowo Korsaki gewesen, es könnte deshalb möglich sein, daß Sie anhand besonderer Körpermerkmale zu sagen vermögen: Das ist die Genossin soundso.«

»Wer hat die Tote fotografiert?«

»Der Geologe Jankowski.«

»Mein Gott!« Dr. Lallikow rang nach Atem. »Das ist doch unmöglich, Victor Semjonowitsch ist doch kein Mörder!«

»Die Fotos zeigen auch eine Lebende«, sagte Babajew laut.

»Ohne Kopf?« brüllte Lallikow. »Seid ihr am Morgen alle schon besoffen?«

»Er hat den Kopf weggelassen. Jedes Bild fängt am Hals an. Das ist ja die Frechheit. Da fotografiert er einen nackten Frauenkörper und läßt den Kopf weg. Eine Infamie! Eine tiefe seelische Belastung für jeden!« Kasutin verschluckte sich vor Erregung, hustete bellend und erholte sich davon nur mühsam. Seine Stimme blieb im halben Diskant hängen. »Man kommt auf Gedanken, Doktor, auf Gedanken kommt man . . . es zerreißt einen förmlich. Und man kann Jankowski nicht fragen. Babajew ist als Fotograf ebenso eine Vertrauensperson wie Sie als Arzt eine sind. Aber das nackte Weib kann man nicht übersehen, es ist da, es lebt unter uns, und es posiert nackt vor Jankowskis Linse.« Kasutin röchelte fast. »Sehen Sie sich das an!«

Dr. Lallikow blätterte die Fotos durch, beäugte sie eingehend und putzte ein paarmal seine dicke Brille, weil die Gläser beschlugen. »Hervorragend«, sagte er dabei. »Sehr schön. Überzeugend. Nanana, das ist eine Perspektive! Ha, wie reizend! Das ist mit dem Blick des Liebenden gestaltet. Nein, diese Formen! Nicht ein Fältchen. Nicht ein Fettpölsterchen. Nichts hängt herum.«

Kasutin vergrub den Kopf in beide Hände und starrte den Arzt verzweifelt an.

»Welche Frau in unserer kleinen Stadt hat so einen Körper?« fragte er dumpf. »Wer könnte es sein? Simon Michailowitsch, ich frage in Ihnen jetzt nicht den Arzt, sondern den Genossen unserer ruhmreichen Kommunistischen Partei. Blicken Sie auf das Bild Lenins, sehen Sie in seine Augen, erkennen Sie in seinem Blick unseren Auftrag: Die Wahrheit zum Wohle des Sozialismus! Sie *müssen* reden, Dr. Lallikow! Es ist Ihre Pflicht als Parteimitglied. Sie dienen damit der Ruhe von Nowo Korsaki.«

Dr. Lallikow legte die zwölf Fotos wieder nebeneinander und betrachtete sie erneut eingehend. Babajew rauchte mit zitternden Fingern eine Papyrossa, Kasutin schlürfte den kalten Tee vom Frühstück. Wenn er Vera sagt, erschieße ich Jankowski, dachte der Parteisekretär dabei. Wenn er Dunja Sergejewna sagt, erschieße ich beide. Wenn es die vornehme, stolze Zwetkowa ist, besaufe ich mich vor Freude. Das gönne ich dem ekelhaften Zwetkow, der sich an Staatsbauten bereichert.

»Es ist schwer«, sagte Dr. Lallikow langsam und bedächtig. »Einen so vollendeten Frauenkörper habe ich kaum in meiner Praxis gesehen. Allerdings – es gibt einige. Wenige! Seltenheiten!«

»Namen!« sagte Kasutin heiser. »Bitte, Namen, lieber Genosse . . .«

»Das ist gefährlich.«

»Könnte es auch meine Frau Vera sein?«

»Nein. Völlig ausgeschlossen. Ihre Brüste hängen etwas durch.«

»Das stimmt«, sagte Kasutin noch heiserer. »Zwei Kinder, Genosse . . .«

»Eben.« Lallikow klopfte mit den Knöcheln auf

die Fotos. »Das hier ist ein jungfräulicher Busen. Knackig wie eine Melone. Auch am Leib sieht man's. Der hat noch nicht geboren. Das ist ungepflügte Natur.«

»Namen«, sagte Kasutin wieder. »Bitte . . .«

»Nur Hypothesen.«

»Natürlich. Sie sollen doch nur Anhaltspunkte sein.«

»Es könnte sich aber auch um Galina Iwanowna handeln.«

»Nein!« Babajew war emporgezuckt. »Die Kleine aus dem Magazin? Dieses freundliche Wesen, das mir immer ein Stückchen Käse mehr gibt, weil ich ihr Schreibpapier besorge?«

»Oder auch Alla Philippowna.«

»Das wäre möglich.« Kasutin strich sich über die Nase. »Die Witwe Sitkina ist ein kleines Teufelchen. Seit sie von dem alten Sitkin befreit wurde, sollen die Kerle um ihr Haus streichen wie die Kater. Die Witwe Sitkina – das wäre vielleicht die Lösung.«

»Aber sie hat unter der linken Brust einen Leberfleck – wo ist der?« Dr. Lallikow betrachtete ein Foto genau. »Nichts zu sehen. Ohne Leberfleck kann ich Alla Philippowna nicht identifizieren. Ha, ist das schwer! Wenn ich genau hinschaue, es könnte auch Rimma Ifanowna sein.«

»Die Korbflechterin?« Babajew schüttelte den

Kopf. »Wir wissen, daß sie leicht verblödet ist. Fiel als Kind aus dem Fenster, und seitdem ist nichts mehr mit ihr los. Korbflechten hat sie noch gelernt. Völlig unmöglich, daß Jankowski, ein Ästhet, wie man sieht, sich Rimma Ifanowna genähert hat.«

»Ihr Körper ist zauberhaft und makellos«, sagte Dr. Lallikow. »Sie ist das hübscheste Mädchen von Nowo Korsaki. Warum soll Victor Semjonowitsch sich bei geistigen Werten aufhalten, wenn er unvergleichliche körperliche bekommen kann? Warum also nicht Rimma Ifanowna?«

»Und wie ist es mit Dunja Sergejewna?« fragte Kasutin gewollt leichthin.

Dr. Lallikow beäugte die Fotos wieder.

»Warum nicht?« sagte er nach einer qualvoll langen Betrachtung. »Die Schenkelchen könnten stimmen. Auch der Hintern.«

Sag ich's doch, dachte Kasutin. Meine Ahnung. Mein Gefühl. Dunja und Jankowski. Es *ist* ihr Hintern. Dafür kenne ich ihn viel zu gut. Besser jedenfalls als Dr. Lallikow, der wieder die Stirn runzelt. Halten Sie ein, Genosse, es *ist* Dunja Sergejewna. Eine so süße Gesäßfalte hat nur sie. Ich armer Mensch! Ich Geschlagener!

»Aber es könnte auch Antonina Pawlowna sein«, sagte Lallikow.

Babajew stieß laut die Luft aus. »Die Frau des Genossen Zwetkow?«

»Sehr attraktiv. Auch sie noch kinderlos. Aber das liegt an Zwetkow. Rassul Alexejewitsch ist zu dick. Ersparen Sie mir Details, Genossen. Aber Antonina Pawlownas Körper könnte es auch sein. Ein Leib wie aus Marmor.« Dr. Lallikow putzte sich die Nase und rieb wieder seine Brillengläser. »Das ist wirklich eine schwere Aufgabe, meine Lieben. Ein Göttinnenleib – und dann kein Kopf! Da ist auch ein Arzt überfordert. Wir sehen die Patientinnen meist in einer besseren Verfassung.«

»Aber im Prinzip!« keuchte Kasutin. »Im Prinzip, Genosse!«

»Im Prinzip könnte es auch Stella Gawrilowna sein.«

»Ich passe«, sagte Babajew erschüttert. »Wieso hat unsere Friedhofsgärtnerin eine solch herrliche Figur?«

»Da muß man den lieben Gott fragen.« Dr. Lallikow tippte auf zwei Fotos. »Das hier sieht ganz nach Stella Gawrilowna aus. Diese Hüften! Ich möchte sagen: fast unverkennbar. Und der Schwung des Leibes – ich weiß noch genau, wie mir durch Zufall ein Tablettenröhrchen von ihrem Nabel bis zwischen ihre Schenkel gerollt ist. Gelacht hat sie da, gelacht!«

»Das glaube ich auch.« Kasutin nagte an der Unterlippe. »Wie viele haben wir jetzt?«

»Genug, um zu verzweifeln«, sagte Babajew. »Es

ist unmöglich, daß Jankowski mit allen so intim war, daß . . .«

»Warum nicht?« Dr. Lallikow hüstelte, was die Spannung noch hob. »Jankowski ist ein strammer Bursche. Zweiunddreißig Jahre alt. Ein Baum im besten Saft. Und wie lange weilt er schon in Nowo Korsaki? Na – bestimmt schon neun Monate. Liebe Genossen, was kann ein Mann wie Jankowski in neun Monaten alles leisten? Wir müssen alles in Betracht ziehen. Alles und alle. Diese Fotos beweisen: Jankowski ist ein hervorragender Kenner der Schönheit. Und die Frau, die er verewigt hat, ist es wert. Als Arzt habe ich genug Vergleichsmöglichkeiten, um zu urteilen: Das hier ist ein einmaliger Körper.«

»Und das in unserer Stadt!«

»Ja! Das sollte uns stolz machen!«

»Eine Venus ohne Kopf!«

»Den setzen wir ihr auf!« Dr. Lallikow wurde nun auch von einer Art Jagdfieber befallen. Er sah das ganze Problem sportlich: Eine Schnitzeljagd mit noch unbekanntem Ziel, die Entdeckung von Neuland; die Vollendung eines Puzzles. Die Aufgabe mußte zu lösen sein. »Zählen wir zusammen, was wir haben. Genosse Kasutin, schreiben Sie mit. Es kommen in Frage: Antonina Pawlowna Zwetkowa – Alla Filippowna Sitkina – Galina Iwanowna – Rimma Ifanowna – Stella Gawrilowna.«

»Und Dunja Sergejewna?« fragte Kasutin heiser.

»Auch. Muß ebenfalls auf die Liste.«

»Muß auf die Liste.« Kasutins Hand bebte, als er den Namen hinschrieb. Von seinem Nacken rann Schweiß in das Hemd und über den Rücken. »Und wie geht es jetzt weiter?«

»Wir fangen da an, wo es meistens endet: beim Friedhof.« Dr. Lallikow rieb sich die Hände. »Stella Gawrilowna arbeitet eng mit dem Popen zusammen. Es kann sein, daß Mamedow zufällig gesehen hat, daß Jankowski mit Stella über Gebühr lang gesprochen hat. Vielleicht hat er sie sogar im Gärtnerhaus besucht? Wir werden Väterchen Akif befragen.«

»Das bedeutet, daß wir den Popen einweihen müssen«, sagte Kasutin sauer.

»Er wird glücklich sein, Sünden in seiner Gemeinde zu entdecken. Außerdem bleiben wir unter uns: Ein Arzt, ein Priester, ein Fotograf und ein Parteisekretär sind die Vertrauten der Bürger. Wir sind die Klagemauer. Wir schlucken alles. Es wäre unfair, den Popen auszuschließen.«

»Er wird am wenigsten Auskunft darüber geben können«, sagte Kasutin abweisend, »wer die nackte Frau auf den Fotos ist.«

»Auch da hat man sich schon getäuscht.« Dr. Lallikow lächelte breit und fett. »Man soll keinen Menschen unterschätzen.«

Wer die Kirche betrat, ganz gleich, welche Stellung er im Leben einnahm und wie er hieß, kehrte Ehrfurcht heraus spätestens in dem Augenblick, in dem er Akif Victorowitsch Mamedow bemerkte. Wenn der Pope um die Ikonostase herumkam, im wallenden Gewand, mit abstehendem weißen Bart, mit dichten Brauen, feurigen Augen und einer Stimme, die eine Ahnung von den Auferstehungsfanfaren vermittelte, dann schlug jeder das Kreuz und kam in jene Stimmung, die Lenin mit einem Opiumrausch verglich.

Akif Victorowitsch, der an diesem Vormittag hinter der Ikonostase auf einem Schemel saß und zwei vergoldete Messingkreuze polierte, hörte mit Verwunderung die Kirchentür knarren. Er überlegte, wer wohl jetzt so von Sünde geplagt sein könnte, daß er priesterlichen Beistand nötig hatte, und legte den Putzlappen weg. Die Kirche von Nowo Korsaki war arm, sie konnte sich keinen Kirchendiener leisten, alles mußte Mamedow selbst machen, und wenn nicht einige alte Frauen freiwillig und für das Versprechen, in den Himmel zu kommen, den Boden aufgewischt, Staub weggewedelt und die Fenster poliert hätten, wären an Väterchen Akif auch diese Tätigkeiten noch hängengeblieben. Es war schon mühsam gewesen, für die Gottesdienste einen Vorsänger zu finden, denn die Alten waren nicht mehr kräftig bei Stimme, und

Akif Victorowitsch, der an diesem Vormittag hinter der Ikonostase auf einem Schemel saß und zwei vergoldete Messingkreuze polierte . . .

unter den Jungen hetzte die Partei gegen den Popen und sagte ihnen, wer in die Kirche ginge oder sich sogar zum Vorsänger hergäbe, verrate den großen Vater Lenin und sei nicht würdig, in der Volksgemeinschaft ernst genommen zu werden.

Väterchen Akif mußte deshalb mit etwas vorliebnehmen, das einmalig im orthodoxen Gottesdienst ist: Er ließ die Jungfrau Stella Gawrilowna vorsingen. Ganz richtig – die Friedhofsgärtnerin von Nowo Korsaki. Kasutin nannte das einen ganz üblen Dreh, aber mit Stella war nicht zu reden. »Ich singe gern«, gab sie bei fünf Vorladungen vor dem Parteiausschuß zu Protokoll. »Wo steht bei Lenin, daß ein Russe nicht singen darf?«

»Aber in der Kirche!« brüllte Kasutin.

»Ich singe auch bei den Komsomolzen und zur 1.-Mai-Feier und zur Oktoberrevolution, wenn man mich darum bittet«, antwortete Stella Gawrilowna. »Ich stehe mit meiner Stimme jedem zur Verfügung.«

Natürlich hatte Kasutin sie daraufhin nie gebeten. Um so stärker brodelte in ihm nun der Triumph, dem Popen klarzumachen, daß Stella anscheinend auch noch anderswie jedem zur Verfügung stand, wenn man sie darum bat. Für Kasutin bedeutete diese Stunde eine gewonnene Schlacht gegen die Reaktionäre.

Akif warf den Putzlappen weg, ordnete sein

Priestergewand, kämmte mit gespreizten Fingern seinen Bart, klemmte das größte der geputzten Kreuze unter den Arm und betrat mit großer Würde den Kirchenraum. Er erschrak aber doch, als er Kasutin, Babajew und Dr. Lallikow aufgereiht nebeneinander stehen sah, als wollten sie einen Kanon singen.

»Die Dreieinigkeit des Satans«, sagte Väterchen Akif dröhnend. Er hob das Kreuz, machte das Segenszeichen und blieb vor der Ikonostase stehen. »Was bringt ihr Verdammtes, meine Söhne?«

»Wir kommen privat«, sagte Kasutin mit breitem Lächeln, das Akif hätte warnen müssen. Wenn Kasutin in der Kirche lächelte, mußten die Pforten des Paradieses eingestürzt sein.

»Es ist sehr wichtig«, ließ sich auch Babajew vernehmen. Mit Babajew hatte Väterchen Akif weniger Probleme – er fotografierte mit Könnerschaft kirchliche Feiern an Ostern und Weihnachten. Ein großes Foto von ihm, das Mamedow in vollem Ornat beim Osteropfer zeigte, hing in der Wohnung des Popen gleich neben der schönen Ecke mit dem ewigen Licht.

»Wir brauchen Ihren wertvollen Rat«, schloß Dr. Lallikow den rätselhaften Aufzug ab.

Akif Victorowitsch geriet in einen vakuumähnlichen Zustand. Mit Dr. Lallikow verband ihn keine direkte Freundschaft, dazu war der Arzt ein zu guter Kommunist und Parteigenosse, aber der Pope rechnete es Lallikow immer hoch an, wenn dieser am Bett eines armen Kranken sagte: »Hier kann kein Pülverchen mehr helfen, nur noch Gott.« Die besorgte Verwandtschaft schickte dann selbstverständlich sofort nach dem Popen, und Akif gelang es stets, Lallikows Patienten würdig und mit gereinigter Seele sterben zu lassen. Dieses Hand-in-Hand-Arbeiten erzeugte eine große gegenseitige Achtung. Wenn also Dr. Lallikow nun in der Kirche erschien und um Rat bat, mußte es sich um eine gewaltige Verfehlung handeln.

Väterchen Akif stellte das Kreuz behutsam auf einen Tisch, winkte mit der Hand und sagte: »Kommt mit. Wir können dabei auch einen Erdbeerwein trinken.«

Das kam fast einer Drohung nahe. Jeder wußte, daß der Pope selbst einen Erdbeerwein kelterte, der von durchschlagender Wirkung war und einer Rizinuskur in nichts nachstand. Nur bei Akif selbst versagte der Wein, was zu den wöchentlichen Klistieren führte, die Dr. Lallikow stets mit Bibelsprüchen begleitete. Akif war gegen soviel Bibelwissen machtlos.

Im Wohnzimmer setzte man sich um einen runden Tisch. Akif holte Gläser und eine dunkelgrüne Literflasche mit seinem höllischen Wein. Man wartete höflich, bis er eingegossen hatte, dann legte

Babajew seine Vergrößerungen auf den Tisch, zunächst wieder mit den Vorderseiten nach unten. Der Pope zog das Kinn an, sein weißer Bart sträubte sich heftig, die Augen blickten mit fordernder Schärfe.

»Ich höre«, sagte er laut, als niemand sprach.

»Machen wir es kurz«, erklärte Kasutin mit heller Stimme. Er zitterte seinem Triumph entgegen. »Er muß ja schweigen.«

»Eine gemeinsame Beichte?« Akif atmete tief ein. »Haben sich die politischen Verhältnisse plötzlich geändert?«

»Hier!« Kasutin ergriff die Bilder, drehte sie um und warf sie vor dem Popen wieder auf den Tisch. Schultern, Busen, Hüften, Schenkel, Hinterbacken.

Dr. Lallikow sah Kasutin vorwurfsvoll an.

»Sie Rohling«, sagte er anklagend. »Väterchen könnte einen Schock bekommen.«

Akif Victorowitsch warf einen langen Blick auf die Fotos und sagte dann ruhig: »Ein Weib.«

»Er erkennt es.« Kasutin lächelte breit. »Das enthebt uns weiterer Erklärungen. Was ist Ihre Meinung, Genosse Mamedow?«

Väterchen Akif, dem das ›Genosse Mamedow‹ von jeher wie ein Stein im Magen lag, schob die Fotos zusammen, als sei für ihn die Sache beendet. »Ein schönes Weib«, ergänzte er und griff zu seinem

Glas Erdbeerwein. »Ihr niedrig denkenden Individuen: Jede Schönheit ist Gottes Werk. Ob eine Rose blüht, eine Birke sich schlank im Wind wiegt oder ein Sonnenstrahl auf eines Mädchens Busen fällt . . . Gott lächelt immer.«

»Damit können wir gehen«, sagte Dr. Lallikow nüchtern. »Mehr ist nicht zu erwarten in diesen geweihten Räumen.«

»Wir haben gedacht, Sie kennen diese Frau«, ließ sich Babajew vernehmen.

Väterchen Akif zuckte zusammen, stellte sein Glas, ohne getrunken zu haben, hin und brüllte erbost: »Iiiich?«

»Wir meinen . . .« krächzte Babajew und kroch in sich zusammen.

»Ich? Ihr kommt zu mir, zeigt mir ein nacktes Weib und erwartet von mir die entsprechende Auskunft? O Gott dort oben, was muß ich leiden unter diesen Menschen! Wie tief gesunken sind diese Kreaturen! Hinaus mit euch!«

»Ich will nur einen Namen nennen . . .«

»Hinaus!«

»Könnte die Nackte nicht Stella Gawrilowna sein?«

»Nein!« brüllte Väterchen Akif.

»Sind Sie so sicher?«

»Ja!«

Dr. Lallikow schabte über seine Nase, aber es gab

Väterchen Akif zuckte zusammen, stellte sein Glas, ohne getrunken zu haben, hin und brüllte erbost.

kein Zurück mehr. Man war unter sich, wie gesagt, man war die Gemeinschaft der Schweiger.

»Wieso sind Sie so sicher?« fragte er. »Akif Victorowitsch, ich als Arzt würde in diesem Fall nicht so sicher sein.«

»Aber ich!« Akif ließ die mächtige Faust auf die Bilder fallen. Er blickte noch einmal hin und schüttelte dann wieder den Kopf. »Es ist nicht Stella Gawrilowna! Wo sind die Haare?«

»Der Kopf fehlt ja«, sagte Kasutin tadelnd.

»Wer redet denn vom Kopf?«

Babajew seufzte und schloß erschüttert die Augen. Kasutin wurde rot wie eine Mohnblume. Dr. Lallikow faltete die Hände über seinem kugeligen Bauch, als wolle er zu einer Litanei ansetzen. Nur Akif, das strenge Väterchen, war empört und sich der soeben ausgesprochenen Offenbarung nicht bewußt.

»Es stimmt!« sagte Kasutin endlich gepreßt. »Sie ist haarlos. Genosse Dr. Lallikow, warum haben Sie, als Arzt, so etwas nicht sofort gesehen? Müssen wir dazu einen Priester haben?«

»Ich habe auf Formen geachtet, nicht auf Löckchen!« rief Lallikow beleidigt.

»Mäßigen Sie sich!« schrie Kasutin erregt. Sein Triumph über Akif fiel in sich zusammen. »Wir stehen vor einer völlig neuen Situation: Die nackte Frau hat sich am Körper rasiert.«

»Pfui!« meinte Babajew voller Abscheu.

»In unserer Stadt rasiert sich eine Frau und läßt sich auch noch so fotografieren. Das schlägt aller Moral ins Gesicht. Das ist einwandfrei westliche Dekadenz. Damit werden die Fotos politisch und gehen die Parteileitung etwas an. Das ist eine sexuale Unterwanderung unserer Ideologie. Das ist Sabotage mit Hilfe des Unterleibes. Ha, das kann man gar nicht nach Magnitogorssk melden. Das muß unter uns ausgestanden werden. Dieses Laster müssen wir ganz allein in aller Stille ausbrennen.« Kasutin holte tief Luft. »Das Weib rasiert sich . . . an, an dieser Stelle! Genossen, wir müssen verhindern, daß Nowo Korsaki auf solch widerliche Weise vom Westen verseucht wird. Wir müssen diese Frau unter allen Umständen finden. Dieser haarlose Körper ist eine Kriegserklärung.«

Väterchen Akif grunzte tief, trank mit einem Schluck sein Glas Erdbeerwein aus und starrte dann wieder auf die unanständigen Fotos.

»Also, Stella Gawrilowna scheidet aus«, sagte Dr. Lallikow sachlich. »Akif Victorowitsch verbürgt sich dafür.«

»Seien Sie still!« knirschte Mamedow.

»Wann hatten Sie das letztemal Gelegenheit, sich vom Vorhandensein von Löckchen zu überzeugen?«

»Sie Satan!« Väterchen Akif rollte wild mit den

Augen. »Nur Gott allein sieht in eines Menschen Herz!«

»Kennt Stella überhaupt den Geologen Jankowski?«

Akifs Kopf schnellte ruckartig empor. »Was hat Victor Semjonowitsch damit zu tun?«

»Von ihm stammen die Fotos!« erklärte Kasutin voll Freude. »Kennt er Stella?«

»Ja«, nickte Akif. »Er holt bei ihr Blumen zur Ausschmückung seiner Wohnung.«

»Hahaha«, lachte Babajew höhnisch. »Was holt er denn für Blümchen? Rittersporn und Fleißiges Lieschen?«

»Auf keinen Fall Männertreu.« Kasutin legte sich voll ins Zeug. »Die Fotos sind neuesten Datums, das wissen wir. Wäre es nicht möglich, daß Stella Gawrilowna sich von heute auf morgen rasiert hat . . . speziell wegen der Fotos? Und Sie können es noch gar nicht wissen, Väterchen?«

»Ganz frisch rasiert, nicht ein Flaum ist auf den Bildern zu sehen«, sagte Babajew. »Ich habe mit der Lupe gesucht.«

»Wir wissen alle: Stella Gawrilowna besitzt nicht nur eine gute Stimme, sie hat auch einen herrlichen Körper, gefüllt mit Temperament.« Dr. Lallikow zog die Fotos an sich heran. »Wenn man sich hinzudenkt . . . sie hatte, nein, sie hat lange schwarze Haare . . . Akif Victorowitsch, wann können wir von Ihnen mit genauer Information rechnen?«

Väterchen Mamedow saß zurückgelehnt in seinem Stuhl und starrte hinauf zur rohen Holzdecke seines Zimmers. Er machte einen sehr angeschlagenen Eindruck. Sein stolzer Bart hing traurig herab auf die Brust, seine Finger umkrampften die Tischkante. Er hatte den netten Geologen Jankowski sehr gern gehabt. Jankowski konnte plaudern, war klug und welterfahren – zu welterfahren, wie sich jetzt herausstellte. Ein Fetischist glatter Körperlichkeit. Wer hätte das in ihm vermutet? Ein Mensch, der über griechische Philosophie diskutieren konnte und auch über den Zaroaster-Kult Bescheid wußte. Bei Stella Gawrilowna kaufte er nicht nur Blumen – er kümmerte sich auch um die Wurzeln . . .

Väterchen Akif redete sich innerlich gut zu. Er zitierte im Geiste die Stelle aus seiner Predigt: ›. . . und vergib deinen Peinigern, denn Verzeihen öffnet den Himmel.‹ Er sah ein, daß er nie etwas Blödsinnigeres gesagt hatte.

»Nur zum Zwecke der Wahrheitsfindung mache ich noch mit«, sagte er heiser. »Nur, um dem Teufel entgegenzutreten und ihn zu vernichten. Nur deshalb! Es ist meine Pflicht, gegen die Verworfenheit anzutreten.«

»Bravo!« sagte Dr. Lallikow. »Blicken wir auf unsere Liste. Wer steht da noch?«

»Dunja Sergejewna können wir auch streichen«, meinte Kasutin zögernd. »Genossen, bitte keine Fragen, keine scheelen Blicke, kein impertinentes Grinsen, ich schlage sonst um mich. Ich stelle lediglich nüchtern fest: Nach Entdeckung der Rasur scheidet Dunja Sergejewna mit Sicherheit aus.«

»Mit Sicherheit?« fragte Dr. Lallikow und strich den Namen auf der Liste durch.

»Mit Sicherheit, ja!« schrie Kasutin. »Sind Sie nun zufrieden, Sie Ferkel?«

»Die Wahrheitsfindung, Genosse.« Lallikow lächelte gemein. Seine Brillengläser funkelten. »Aber es bleiben noch genug andere übrig. Da ist die schöne Witwe Sitkina.«

»Ihr könnte man das auch zutrauen«, meinte Babajew. »Man munkelt, sie habe neun Liebhaber. Warum soll nicht Jankowski die Nummer zehn sein? Alla Philippowna ist zu allem fähig.«

»Wen könnte man fragen?« sinnierte Kasutin. »Schließlich fällt plötzliche Haarlosigkeit den anderen auch auf.«

»Das übernehme ich«, sagte Dr. Lallikow.

»Sie?« Väterchen Akif grunzte wohlig. »Wo stehen Sie in der Reihe?«

»Ich bin ihr Arzt!« stieß Lallikow hervor. »Alla Philippowna leidet an einer verschleppten Bronchitis. Sie hüstelt immer. Morgen will sie wieder zu mir kommen. Da informiere ich mich.«

»Diagnostizieren Sie Bronchitis zwischen den Schenkeln?« fragte Akif genußvoll. »O weh, wenn jemand bei Ihnen etwas an der Speiseröhre hat . . .«

»Es bleibt auf der Liste noch Rimma Ifanowna!« schrie Dr. Lallikow mit hochrotem Gesicht. »Sie hat die schönsten roten Haare, die man je gesehen hat!«

»So etwas rasiert man sich nicht ab!« sagte Väterchen Akif dröhnend. »Eine Schande wäre das.«

»Rimma wäre blöd genug, dem zuzustimmen«, erklärte Babajew.

»Aber Jankowski ist nicht so blöd.« Kasutin hob die Schultern. »Indes, weiß man es? Wie reagiert ein Glattkörperfetischist auf ein Büschel roter Haare? Vielleicht wie ein Stier, gerade weil sie rot sind? Solche Perverse sind unberechenbar. Doktor Lallikow, was sagt die Medizin darüber?«

»Mein Fachgebiet ist die Chirurgie«, knurrte Lallikow. »Mit der Psychiatrie bin ich immer vorsichtig. Die Psychiater wissen zuviel und im Grunde genommen gar nichts. – Was ist also mit Rimma?«

»Sie könnte man fragen.« Väterchen Akif strich seinen weißen Bart. »Ein gläubiges Kind ist sie. Ihrem Priester wird sie willig Auskunft geben.«

»Rimma kann Ihnen viel erzählen«, sagte Kasutin.

»Dieses im Geiste ruhende Kind lügt mich nicht an.«

»Ich würde mich überzeugen«, schlug Babajew vor.

»Wer entfernt dieses Schwein Nikita Romanowitsch aus meiner Wohnung?« brüllte Mamedow.

»Der Vorschlag des Genossen Babajew ist nicht so abwegig.« Kasutin nahm im Sitzen Haltung an. »Denken Sie an das Wort Lenins: ›Vertrauen ist gut, Kontrolle ist besser!‹ Akif Victorowitsch, betrachten Sie es als tiefgehende Gewissenserforschung. Es genügt ja ein ganz schneller, keuscher Blick.«

Väterchen Akif schwieg, trank ein zweites Glas Erdbeerwein und schielte auf die Fotos. Er nahm sich vor, mit Jankowski selbst über dessen Interesse an der Friedhofsgärtnerei zu sprechen.

»Die Nächste«, sagte Dr. Lallikow. »Galina Iwanowna. Sie ist verlobt.«

»Da ist es einfach.« Kasutin winkte ab.

»Wieso? Wollen Sie den Bräutigam fragen?«

»Warum nicht?«

»Der Verlobte ist Maxim Ferapontowitsch Lagatin, Gebietsmeister im Mittelgewichtsboxen. Fragen Sie ihn nur, Pjotr Dementijewitsch, Ihr Gesicht kriege ich schon wieder hin. Sie sehen so schon wie ein Affe aus.«

»Sie müssen immer alles komplizieren.« Kasutin lehnte sich zurück und wagte es, einen Schluck von Akifs Erdbeerwein zu trinken. Er schmeckte vorzüglich, süß und süffig, aber das war ja das Teuflische daran. Man trank ahnungslos und hockte dann drei Tage lang auf dem Topf. »Wie kann man bei Galina Iwanowna feststellen, ob Jankowski bei ihr . . .?«

»Ich weiß, daß Jankowski alles im Magazin kauft und mit Galina sogar schon im Kino war«, unterbrach Babajew. »Der Film hieß: ›Wenn der Kranich schreit!‹ Eine hundertprozentige Liebesgeschichte.«

»Na also, gibt es mehr Klarheit?« Kasutin lachte zufrieden vor sich hin. »Unsere schöne Galina kann es sein.«

»Und Mittelgewichtsmeister Lagatin nimmt die Enthaarung einfach hin?« gab Väterchen Akif zu bedenken. »Wieso hat Galina keinen verbundenen Kopf? Wieso kein blaues Auge? Überhaupt: Wieso läuft Jankowski noch immer mit einem Gesicht herum?«

»Lagatin und Jankowski sind Freunde«, sagte Dr. Lallikow.

»Ein raffiniertes Bürschchen, dieser Victor Semjonowitsch«, lachte Babajew. »Trinkt mit dem Bräutigam seinen Wodka und rasiert dann die Braut.«

»Ein Abgrund«, sagte Väterchen Akif dumpf grollend. »Welch ein Abgrund an Verworfenheit! Ein starkes Herz muß man da haben.«

Er dachte an Stella Gawrilowna, an die Blumenkäufe Jankowskis und die möglichen Auswirkungen. Es war menschlich, Jankowski in die Hölle zu wünschen.

»Bleibt also nur meine Wenigkeit«, stellte Dr. Lallikow fest. »Ich werde Galina Iwanowna untersuchen. Dazu habe ich ein Recht. Lebensmittelgesetz: Jede Verkäuferin, die mit offener Ware in Berührung kommt, muß ein Gesundheitszeugnis vorweisen können, ihre Gesundheit also kontrollieren lassen. Dazu gehört auch eine Untersuchung vom Scheitel bis zur Sohle. Schon wegen des Fußpilzes . . .«

»Ich werde Ihren Einsatz nicht vergessen, Genosse Lallikow«, sagte Kasutin feierlich. »Haken wir also Galina ab. Wer bleibt?«

»Ein schwerer Fall: Antonina Pawlowna Zwetkowa. Unser Paradeweib.«

»Sie färbt sich die Haare«, sagte Babajew.

»Auf dem Kopf. Aber der Kopf ist weg und nicht wichtig.«

»Man kann auch Zwetkow nicht danach fragen.«

»Und wenn!« Dr. Lallikow winkte ab. »Er müßte erst nachsehen, auswendig wüßte er es nicht. Und Antonina Pawlowna würde sich sehr wundern und an eine psychische Erkrankung von Rassul Alexejewitsch glauben, wenn dieser plötzlich tiefsitzendes Interesse zeigen würde. Um es vorweg zu sagen: Antonina kann ich nicht untersuchen.«

»Warum nicht?« fragte Väterchen Akif interessiert. »Fällt Ihnen dabei die Brille von der Nase?«

»Die Zwetkowa fährt nach Magnitogorssk. Sie hat dort einen Internisten, einen Gynäkologen, einen Urologen und noch einige Ologen mehr. Die typische Reaktion der Reichen. Der Dorfarzt ist ein Rindvieh . . . je größer die Stadt, um so klüger die Mediziner. Bisher war sie nur zweimal bei mir.«

»Aber Sie haben sie nackt gesehen?«

»Unter größter Betonung der Verschwiegenheit: ja. Sie hatte einen juckenden Ausschlag rund um den Nabel. Ich weiß heute noch nicht, warum sie damit zu mir gekommen ist.«

»Und?«

»Was heißt ›und‹? Ich konnte sie heilen. Zwetkow bedankte sich bei mir mit einem ganzen gekochten Schinken. Aber seither weiß ich, daß Antonina Pawlowna einen der schönsten Frauenkörper besitzt, den ich je gesehen habe.«

»Und so etwas ist im Besitz des fetten, impotenten Zwetkow! Es ist ist eine Schande!« Kasutin blätterte noch einmal die Fotos durch. Soviel geballte weibliche Schönheit griff ihm ans Herz. »Wie kann man bei der Zwetkowa feststellen, ob sie es ist, die von Jankowski fotografiert wurde? Wir alle wissen: Jankowski geht bei den Zwetkows ein und aus.«

»Was nutzt es uns, das zu wissen?« Dr. Lallikow

Aber seither weiß ich, daß Antonina Pawlowna einen der schönsten Frauenkörper besitzt, den ich je gesehen habe!

war grob genug, seine Gedanken weiter auszusprechen. »Wir wissen nun auch alle, daß Jankowski mit sämtlichen Frauen auf unserer Liste bekannt ist.«

»Mit Ausnahme von Dunja Sergejewna«, sagte Kasutin stolz. »Sie scheidet mit Sicherheit aus. Die Zeit entlastet sie völlig.«

»Schweifen wir nicht ab.« Väterchen Akif seufzte tief bei etlichen geheimen Gedanken. »Wie kann man bei der Zwetkowa Gewißheit erlangen?«

»Ich müßte Rassul Alexejewitsch unter den Tisch trinken und dann danach fragen. Vielleicht haben wir Glück, und er hat sein Weibchen zufällig im Bad gesehen.«

»Ob ihm überhaupt solche Kleinigkeiten auffallen?« gab Dr. Lallikow zu bedenken.

»Ich sagte: Wenn wir Glück haben, unverschämtes Glück. Man muß das Erinnerungsvermögen von Zwetkow anregen. Manchmal passieren solche Phänomene. Erst ist alles leer . . . und dann – bums – zuckt es in einem hoch. Man muß es versuchen.«

»Dann sollte die Offensive klar sein«, sagte Dr. Lallikow. »Jeder gehe jetzt an seine Aufgabe. Meine lieben Freunde, diesen Jankowski kriegen wir klein. Ihm nützt es gar nichts, wenn er auf seinen unanständigen Fotos den Kopf wegläßt. Wir kreisen ihn ein, und wir erlegen ihn wie einen Hasen.«

»Und dann?« fragte Väterchen Akif. »Wenn wir wissen, wer die Nackte ist, was dann?«

»Die Partei wird sich um sie kümmern«, sagte Kasutin streng. »Natürlich diskret. Mit Gewisssenserforschung. Mit Fingerspitzengefühl. Solche Fälle muß man mit seelischer Ausgewogenheit behandeln. Noch können sich unsere Frauen – im Gegensatz zu den Weibern im dekadenten Westen – schämen. Genossen, ans Werk!«

Am Nachmittag hatte Kasutin ein Erlebnis, das ihn umwarf und vieles veränderte.

Er stand bei dem Apotheker Akbar Nikolajewitsch Dudorow im Laden und unterhielt sich mit ihm über den Fortschritt auf dem pharmazeutischen Markt, als Dudorow neue Ware bekam. Ein Lieferwagen aus Magnitogorssk brachte sie. Interessiert sah Kasutin, wie Dudorow ein Päckchen sofort wegnahm und einen Namen darauf schrieb.

A. P. Zwetkowa.

Es dauerte lange, bis Kasutin seine drängende Frage loswurde. »Was ist?« erkundigte er sich vorsichtig. »Ist die Genossin Zwetkowa krank?«

»Nein. Warum?« Dudorow blickte Kasutin verblüfft an. »Sie ist gesund.«

»Das Medikament da.« Kasutin zeigte auf das beschriftete Päckchen. »Ich weiß, Apotheker unterliegen der Schweigepflicht. Aber ich sehe es nun mal.«

»Es ist eine Creme«, sagte Dudorow geheimnisvoll. »Aber, bitte, zu keinem einen Laut.«

»Der Mund der Partei ist verschlossen wie ein Tresor.« Kasutin nickte zu dem Päckchen hin. »Gegen Pickel rund um den Nabel, nicht wahr?«

»Nein.« Apotheker Dudorow sah Kasutin, seinen Parteisekretär, irritiert an. »Eine neuentwickelte Enthaarungscreme.«

Kasutin schluckte, klopfte Dudorow auf die Schulter und verließ die Apotheke wie ein startender 100-Meter-Läufer.

II.

Man soll nicht glauben, eine Friedhofsgärtnerei sei ein stiller Ort der Besinnung, wo man Blumen für die lieben Vergrabenen aussucht, Töpfe und Vasen, Kerzen und ewige Lichter, Gebinde und kleine Kränze, und wo man sich höchstens – aber still – wundert, daß ein Veilchentopf hier mehr kostet als auf dem Markt.

So ist das nicht!

Wenn man Stella Gawrilownas Erzählungen glauben darf, ist eine Friedhofsgärtnerei ein Kommunikationsort, gegen den jede andere Form der Zusammenkunft von Menschen verblaßt. Erlebnisse gibt es da, kaum zu fassen! Da war die Beerdigung eines immer tugendhaften Mannes, den beim Reparieren sein eigenes Auto überrollt hatte, sonst hätte er sicherlich noch viele Jahre weitergelebt. Und was passiert auf dem Friedhof, im Verkaufsraum der Gärtnerei? Neben der weinenden Witwe tauchen noch zwei andere Frauen aus der Umgebung auf, beide zusammen mit vier Kindern, sie jammern und lamentieren und präsentieren ihren Nachwuchs als Erinnerung an freudige Stunden mit dem lieben Verblichenen. Welch eine Überraschung! Die selige Witwe ergreift einen Blumentopf und schleudert ihn der einen jungen Mutter an den Kopf, aber diese, nicht faul, reißt einen Kranz von der Wand und stülpt ihn der Trauernden über die Schultern. Nun greift auch die dritte ein, wirft mit Vasen um sich, und bis der liebe Mann endlich in die Erde kommt, sind die drei Damen bereits auf dem Weg zu Dr. Lallikow, der jede mehrmals nähen muß.

Das war nur einer der Vorfälle, von denen Stella Gawrilowna erzählen konnte. Besonders markant war auch noch das Begräbnis des Säufers Tschechow, einer stadtbekannten Persönlichkeit, die eigentlich hätte unsterblich sein müssen, da er sich zu Lebzeiten bereits in Alkohol konserviert hatte. Aber plötzlich war er umgekippt, in einem Augenblick, in dem er kein Glas in der Hand gehalten hatte, sondern brav auf dem Lokus saß, und hatte seinen Geist aufgegeben.

Man weiß bis heute nicht, wie es geschehen konnte, aber als man den lieben Tschechow ins Grab senkte, erfolgte im Inneren des Sarges eine dumpfe Explosion, der Deckel flog hoch, und Tschechow richtete sich, vom Luftdruck getragen, auf. Neun Frauen fielen bei diesem Anblick in Ohnmacht und wurden in die Gärtnerei getragen. Nur Väterchen Akif behielt die Nerven und sagte dröhnend am Grab: »Nun kann er ruhig schlafen. Der Alkohol ist hinaus.«

Man sprach noch lange darüber.

Es war durchaus nichts Seltenes, daß der Pope auf dem Friedhof erschien, auch wenn es keine Grabreden zu halten galt. Er inspizierte die ihm lieb gewordenen Gräber ehrlicher Christen, besprach mit Stella dies und jenes, lobte oder tadelte ihre Arbeit, ermahnte sie zu gottgefälligem Lebenswandel und ruhte sich dann in einem Hinterzimmer der Friedhofsgärtnerei aus.

Dieses Zimmer enthielt ein breites Bett, einen Schrank mit Wein und Wodka, einen Holzbehälter, in dem immer frischer Kuchen lagerte, und es hatte nur ein Fenster zu einem Innenhof, den niemand betreten konnte außer Stella Gawrilowna. Ein bemerkenswertes Zimmer.

Ab und zu schloß Stella die Gärtnerei ab, wenn Väterchen Akif zu Besuch kam, hängte ein Schild ins Fenster, auf dem stand ›Geschlossen wegen Beschaffung neuer Blüten‹, und unterwarf sich einer speziellen Teufelsaustreibung.

So war sie auch nicht darüber erstaunt, daß heute

Akif Victorowitsch mit wehendem Bart in der Friedhofsgärtnerei erschien, die Tür abschloß, das bekannte Schild ins Fenster hängte und mit ausgestrecktem Arm streng und voll Autorität ins Hinterzimmer zeigte.

»Verworfene!« sagte er dabei und musterte Stella mit so scharfen Augen, daß man meinen konnte, er müsse die Kleidung wie Glas durchschauen. »Was hast du getan? Leuge nicht! Ich weiß es! Was hat Victor Semjonowitsch Jankowski bei dir gemacht?«

»Er hat sich seinen Wurzelstock bei mir geholt.«

»Haha!« Väterchen Akif rang nach Luft, sank auf die Bettkante, vergrub die Hände in seinen Bart und war erschüttert über die unsittliche Abgebrühtheit von Stella Gawrilowna. »Du gibst es zu!«

»Ja«, sagte Stella Gawrilowna ahnungslos. »Es hat ihm eine große Freude bereitet.«

»Mir bricht das Herz.« Akif rollte wild die Augen. »Das sagst du so frei heraus? Es hat ihm . . . oh! Welch ein Abgrund! Welch eine Schlucht voll brodelnder Sünde! Wann ist es geschehen?«

»Genau vor vier Tagen, Väterchen.«

»So genau hast du das behalten?«

»Es war ein besonderer Tag.«

»Natürlich! Natürlich!« Akif spürte sein Herz wie einen heißen Kloß. »So etwas vergißt man nicht!«

»So ist es, Väterchen. Ich hatte große Mühe mit der Wurzel.«

Akif zuckte schmerzvoll zusammen und riß beide Arme hoch. »Satan, entferne dich aus ihr!« brüllte er. »Ich vernehme deine Sprache! Fahre wieder aus ihr heraus!«

»So eine Wurzel ist selten«, fuhr Stella Gawrilowna unschuldig fort. »Aber Victor Semjonowitsch wollte sie unbedingt haben. Eine japanische Zwergkirsche. Ich habe bis Swerdlowsk telefoniert. Dort hatten sie drei Exemplare in der Forschungsanstalt. Drei Wochen habe ich immer wieder gebettelt, bis man mir eine Wurzel schickte.«

Mamedow starrte ungläubig auf Stella Gawrilowna. Ihr langes, schwarzes Haar glänzte wie Seide, ihr Körperchen war auch unter dem Kleid und der Gärtnerschürze noch von aufreizendem Schwung, und die Beine, bis über die Knie entblößt, waren gerade und schlank und doch kraftvoll.

»Eine japanische Zwergkirsche?« fragte er leise.

»Ja, Väterchen.«

»Und sonst nichts?«

»Nichts Besonderes.«

»Was heißt das?«

»Die üblichen Blumen. Der Genosse Jankowski ist ein großer Blumenfreund. Immer neue Blüten in seiner Wohnung. Der schönste Strauß steht stets vor dem Bild seiner Mutter.«

»Woher weißt du das?«

»Ich brachte ihm manchmal Blumen ins Haus.«

»Du warst in seiner Wohnung?« rief Akif verzweifelt.

»Ja. Öfter.«

»Wie oft?«

»Ich habe es nicht gezählt, Väterchen.«

»Und ihr habt euch nur über Blumen unterhalten?«

»Ich habe zweimal bei ihm zu Abend gegessen. Der Genosse Jankowski kocht vorzüglich.«

»Und ihr habt getrunken?«

»Ja.«

»Und dann hat er von seinen Reisen durch Asien erzählt?«

»Ja.«

»Auch von den fernöstlichen Freudenhäusern?«

»Ja«, sagte Stella etwas zögernd.

»Welche moralischen Tiefen!« donnerte Akif erschüttert. »Komm her, und zieh dich aus!«

»Nein«, sagte sie störrisch.

»Stellanka . . .«

»Heute nicht. Sie sind so merkwürdig, Väterchen.«

»Ich habe meine Gründe.« Akif Victorowitsch legte die Hände aneinander. »Ich will nur einen Blick auf dich werfen. Einen harmlosen Blick. So wie man ein Bild betrachtet. Ein keuscher Kunstgenuß. Eine stille Erhabenheit.«

»Ich will nicht!« sagte Stella Gawrilowna trotzig.

Akif Victorowitsch brannte innerlich lichterloh. Diese Renitenz war neu. Diese Weigerung, von seiten Stellas sonst nie erlebt, sollte eine Schuld beweisen. Wer nichts zu verbergen hat, kann es getrost zeigen, vor allem, wenn es keine Neuheiten zu betrachten gibt. Aber nein, sie weigerte sich konstant. Sie wich sogar zur Tür zurück, bereit zur Flucht in den Laden. Wie verdächtig war das!

»Es genügen zwei Sekunden«, sagte Väterchen Akif dumpf. »Schnell wie ein fotografischer Blitz.«

»Sie sind heute unheimlich, Väterchen«, antwortete Stella Gawrilowna. Sie empfand wirklich Angst vor dem Popen. Er redete so viel. Bei seinen sonstigen Besuchen entledigte er sich wortlos seiner Bekleidung, trank einen großen Wodka und sagte allenfalls genußvoll: »Ein schöner Tag sollte nie ungenutzt vertan werden.«

»Du hältst doch viel von Fotografie?« donnerte Akif plötzlich. Stella erschrak gewaltig und nickte brav. Mamedow nahm dieses Nicken auf, als habe Stella einen Mord eingestanden. »Auch Jankowski fotografiert?«

»Ja.«

»Die Erde bebt, der Himmel bricht auf, das Jüngste Gericht kommt über uns«, klagte Akif und stöhnte vor Erschütterung. »Das genügt, Verworfene, unrettbar Geschändete. Wann war es?«

Sie wich sogar zur Tür zurück, bereit zur Flucht in den Laden.

»Als der Genosse Jankowski seine Wurzel abholte.«

»Natürlich. Wann sonst?« Akif verdrehte die Augen. »Die japanische Kirsche. Zeitlich trifft es genau zusammen.« Er erhob sich, ging an der zurückweichenden Stella hoch erhobenen Hauptes vorbei und riß im Laden das Schild aus dem Fenster. »Ich werde für dich beten«, sagte er feierlich. »Mehr kann man nicht tun. Der Satan hat dich bereits für den Einzug in die Hölle geschoren. Verstehst du: geschoren!« Er zögerte, legte dann die Hand auf Stellas Haupt und sagte mit bebender Stimme: »Du armes Mädchen. Nur ich weiß, wie sehr du dich verirrt hast. Der Wolf hat dich listig von der Herde gelockt . . . aber noch bin ich da. Ich werde dich dem Wolf wieder entreißen. Fürchte dich nicht, dein Hirte ist bei dir.«

Mit verständnislosem Staunen blickte Stella Gawrilowna dem Popen nach. Erst als er um die Ecke gebogen war, erwachte sie aus ihrer Erstarrung und ordnete ziellos ein paar Blumensträuße in den Vasen. Was Väterchen von ihr gewollt hatte, war ihr rätselhaft. Nur soviel hatte sie herausgehört, daß er sich aufregte, weil sie dem Genossen Jankowski eine japanische Kirsche besorgt hatte. Warum sie deshalb den Rock lüften sollte, war ihr aber völlig rätselhaft und geradezu unheimlich geblieben.

Haben wir nicht festgestellt, daß in einer Friedhofsgärtnerei ab und zu merkwürdige Dinge geschehen? Nun war es sogar der Pope Mamedow, der am hellichten Tag Rätsel aufgab.

Galina Iwanowna, die fröhliche, braungelockte Verkäuferin vom staatlichen Magazin, saß im Wartezimmer von Dr. Lallikow, blätterte in der Illustrierten ›Sowjetunion heute‹ und hatte sich für diesen Besuch besonders fein gemacht. Sie trug einen geblümten Baumwollrock, eine lichtblaue Bluse, Söckchen an den schlanken Beinen und moderne Sportschuhe, was nicht verwunderlich war, wenn man an der Quelle saß und als eine der ersten von Zuteilungen profitierte.

Die Aufforderung zur Kontrolluntersuchung laut Lebensmittelgesetz empfand sie als etwas ganz Natürliches, auch wenn die Untersuchung so plötzlich angesetzt worden war und Dr. Lallikow sie per Telefon hinter der Ladentheke hervorgeholt hatte. Sie hatte sich im Magazin schnell umgezogen und vorher geduscht und sah nun so sauber und unschuldig aus, so lieb und herzig, daß jedermann sie gern angesprochen hätte, wenn da nicht ihr Verlobter Lagatin gewesen wäre, der Mittelgewichtsmeister im Boxen.

Dr. Lallikow erfuhr von Marfa Felixowna, seiner unentbehrlichen Sprechstundenhilfe, daß Galina gekommen sei, aber noch neunzehn Patienten vor ihr an der Reihe wären.

»Wir ziehen sie vor«, entschied Lallikow. »Sie steht im Arbeitseinsatz und muß sofort zurück ins Magazin. So gesehen, ist sie ein Notfall. Führen Sie die Genossin nebenan in die Kabine, sie soll sich schon entkleiden.«

Dr. Lallikow hörte noch das schwache Herz von Mütterchen Jewgenija ab, einer Dreiundachtzigjährigen, die geschworen hatte, 150 Jahre alt zu werden, weil sie ihre Schwiegertochter haßte und diese dann überlebt hätte. Dann begab er sich hinüber in die gynäkologische Kabine. Dort saß Galina ausgezogen auf einem Hocker und zwitscherte fröhlich mit Marfa Felixowna. Die starke Glühlampe beleuchtete ihren wirklich schönen Körper, und Dr. Lallikow sagte sich, daß Schultern, Brust und Leib, Hüften und Schenkel sehr gut mit denen auf den Fotos übereinstimmten. Nur etwas störte bei diesem Vergleich. Dr. Lallikow zog die Augenbrauen mißbilligend zusammen.

»Ich habe gesagt ausziehen, Galina Iwanowna, auch das Höschen. Das Lebensmittelgesetz schreibt vor, daß . . .«

Marfa Felixowna ging hinaus. Das war sonst nicht üblich, gerade bei solchen Untersuchungen mußte eine Zeugin in der Nähe sein, denn zuviel war schon von tollen Weibern behauptet und sogar beschworen worden und hatte so manchen Arzt in Schwierigkeiten gebracht. Dr. Lallikow war bisher zwar davon verschont geblieben, und es war auch undenkbar, daß ein Weibchen ihn unlauterer Griffe hätte beschuldigen können. Seine Grobheit war so groß, daß jegliche Gedanken an solche Verfehlungen sofort abstarben.

Galina Iwanowna blieb sitzen und war sehr verlegen. »Genügt das nicht?« fragte sie mit umwerfendem Charme.

»Nein.« Dr. Lallikow rückte an seiner starken Brille. »Bei einer Untersuchung gibt es Unwichtiges, Wichtiges und sehr Wichtiges. Der Arzt allein kann das beurteilen. Dafür ist er ja Arzt. Du bist dabei, sehr Wichtiges der ärztlichen Beurteilung zu entziehen. Das ist fast ein asoziales Verhalten. Du stehst im öffentlichen Leben. Gesundheit ist ein Fundament unseres Fortschritts. Also . . .«

»Ich bitte um Verzeihung, Genosse Doktor«, sagte Galina Iwanowna leise. »Aber ich schäme mich.«

»Vor deinem Arzt? Seit wann denn?«

»Seit neunzehn Tagen.«

Dr. Lallikow starrte die schüchterne Schönheit verblüfft an, zog einen Stuhl heran und setzte sich ihr gegenüber. »Das mußt du mir erzählen«, sagte er väterlich. »Hat dich vor neunzehn Tagen etwas verändert?«

»Ja.«

»Körperlich?«

Galina Iwanowna nickte schüchtern. »Ja.« Das war wie ein Hauch.

»Auch seelisch?«

»Vielleicht.«

»Öffne dein Herz«, sagte Dr. Lallikow gütig. Er merkte gar nicht, daß er damit in das Revier des Popen geriet.

»Mein Verlobter kam von einem Boxkampf aus Swerdlowsk zurück . . .«

»Meister Lagatin?«

»Ja.« Galina schluckte krampfhaft. »Und er brachte eine Zeitschrift mit. Aus dem dekadenten Westen. Aus Paris. Völlig dekadent, Genosse Doktor. Unmöglich, diese Fotos. Aber irgendwie interessant.«

»Ha!« Dr. Lallikow spürte, wie sich der große Kreis rundete. Seine Brillengläser beschlugen wieder, er nahm sie von der Nase und putzte sie mit Hilfe des Zipfels seines weißen Arztkittels. »Und was geschah weiter?«

»Ich schäme mich so . . .«

»Vor deinem Arzt, Galina Iwanowna?«

»Lagatin sagte: ›Das solltest du auch mal machen.‹« Galina bedeckte mit beiden Händen ihr Gesicht. Sie schämte sich wirklich in Grund und Boden. »Da habe ich es gemacht.«

»Aha«, sagte Dr. Lallikow.

»Lagatin fand es sehr schön. Ich gar nicht. Ich bin keine aus dem dekadenten Westen. Aber Lagatin sagte: ›Ganz still, es weiß ja keiner. Das ist unser Geheimnis. Es kommt ja wieder . . .‹«

»Na ja.« Dr. Lallikow räusperte sich. »Ich habe Verständnis dafür – das vorweg! Die forschende Jugend. Der Reiz des Neulandes. Beruhige dich, Galina Iwanowna, es bleibt ja unter uns.«

»Jetzt ziehe ich mich aus«, sagte sie und erhob sich vom Hocker.

Dr. Lallikow winkte großzügig ab.

»Nicht mehr nötig. Die Anamnese war überzeugend.«

»Ist das der Name dafür?«

Dr. Lallikow räusperte sich erneut, erhob sich auch und stieß die Tür zur Kabine auf. Marfa Felixowna saß hinter dem Schreibtisch und füllte eine Karteikarte aus.

»Die Genossin Galina ist gesund«, erklärte Dr. Lallikow herrisch wie immer. »Sie bekommt ihr Gesundheitszeugnis. Keine Beanstandungen. Eine Wiedervorführung ist in absehbarer Zeit nicht notwendig.« Er zögerte, drehte sich zu Galina Iwanowna um und betrachtete sie forschend, während sie sich wieder anzog. Dieser verfluchte Jankowski, dachte er. Der Bräutigam macht es, und er fotografiert es. Welch simple Verteilung des Genusses!

»Ihr seid viel mit dem Genossen Jankowski zusammen?« fragte er leichthin.

Galina nickte. Sie zog gerade ihre Söckchen an. »Er ist unser Freund.«

»Victor Semjonowitsch kann gut fotografieren, nicht wahr?«

»O ja. Er hat einen vorzüglichen Apparat.«

»Wer wagt das zu bestreiten?« Dr. Lallikow rückte seine dicke Brille zurecht, setzte sich an seinen Tisch und genoß die Befriedigung, diesen delikaten Fall so elegant gelöst zu haben. Er konnte Kasutin nun davon unterrichten, daß Nowo Korsaki nicht in den Sog verderblicher westlicher Tendenzen geraten würde.

Aber mit dem Genossen Jankowski mußte man sprechen. Unbedingt!

Solche Fotos gibt man nicht zum Vergrößern in der eigenen Stadt ab!

Das ist eine unverzeihliche Dummheit, unwürdig eines intelligenten Menschen, wie Victor Semjonowitsch einer war.

Eigentlich war es nun verschwendete Zeit, sich auch noch um die schöne Witwe Sitkina und die blöde Herrlichkeit Rimma Ifanowna zu kümmern, nachdem für Dr. Lallikow feststand, daß Galina die Unbekannte ohne Kopf auf den unanständigen Fotos war. Aber Lallikow war ein Gründlichkeitsfanatiker. Der Vollständigkeit halber mußte man alle auf der Liste abhaken, und an der Reihe war jetzt die rothaarige Rimma.

Hätte Dr. Lallikow doch bloß darauf verzichtet! Seiner Gründlichkeit war ja auch der Vorsitzende, der ehrenwerte, jedoch nun entmannte Boris Nikolajewitsch Werschokin, zum Opfer gefallen, und es hatte Lallikow seinen weiteren Aufstieg in der Chirurgie gekostet. Wer kann aber schon über seinen eigenen Schatten springen, vor allem, wenn er von seiner Mission geradezu reformatorisch erfüllt ist?

Da man Rimma als Korbflechterin nicht zur Erstellung eines Gesundheitszeugnisses vorladen konnte, machte sich Dr. Lallikow nach einem ausgiebigen Mittagessen auf den Weg zur weiteren Erforschung der Wahrheit.

Rimma Ifanowna bewohnte ein kleines Haus an der Peripherie von Nowo Korsaki, dort, wo vor vierzig Jahren noch Urwald gewesen war und Rimmas Eltern ihre Felder gerodet hatten. Es waren arme, aber ehrliche Leute gewesen, die sich krumm gearbeitet hatten für ihr tägliches Brot, und deren einziger Kummer nur ihr Töchterchen gewesen war. Nachdem Rimma ihren unglücklichen Fenstersturz erlitten hatte und seitdem mit dem logischen Denken in ständigem Hader lag, sagten sich die Eltern, daß es Ärgeres gäbe als ein Mädchen, das mehr

... machte sich Dr. Lallikow nach einem ausgiebigen Mittagessen auf den Weg zur weiteren Erforschung der Wahrheit.

grinste als sprach. Und es wurde in der Tat noch ärger, denn Rimma entwickelte sich zu einer solch einsamen Schönheit, daß die Burschen ihr rundherum auflauerten und geradezu Jagd machten auf diese rothaarige Pracht. Ein paarmal schoß Väterchen mit der Schrotflinte auf allzu geile zweibeinige Böcke, aber dann raffte ihn eine Lungenentzündung hinweg, und auch die Mutter überlebte diese Katastrophe nur um ein halbes Jahr.

Nun war Rimma Ifanowna allein und machte aus ihrer Beschäftigung einen Beruf: Sie flocht Körbe und verkaufte sie auf dem Markt. Das Geschäft lief so gut, daß sie noch zwei alte Frauen einstellte und es sich leisten konnte, ein Motorrad zu fahren. So blöd war sie nicht, um dieses Fahrzeug nicht zu beherrschen. Vor allem aber sah man mit Verblüffung, daß sie sich ihrer Schönheit voll bewußt war und ihre Tugend so tapfer zu verteidigen verstand, daß bis zur Stunde sich niemand brüsten konnte, Rimma Ifanownas gesamte glatte Haut zu kennen. Zwar munkelte man, sie fahre nicht nur wegen des Großhandelszentrums nach Magnitogorssk und bringe neue Aufträge mit, aber beweisen konnte niemand etwas. Rimma war immer freundlich, lächelte in ihrer leicht blöden Art jeden an, wurde von Jahr zu Jahr schöner und hatte jetzt, mit sechsundzwanzig Jahren, eine Reife erlangt, die zu Superlativen an Lobpreisungen Anlaß gab. Im

Sommer konnte man das ab und zu von weitem bewundern: Da hüpfte sie in einem engen Badeanzug im Garten herum, stellte sich unter eine Dusche, und ihr helles Lachen vergoldete die Sonne noch mehr. Dazu leuchtete ihr feuerrotes Haar. Es war ein Anblick, der jeden Mann nach innen seufzen ließ.

Natürlich hatte auch der Geologe Jankowski die Bekanntschaft mit Rimma Ifanowna gemacht. Nach seinen Zeichnungen flocht sie Spezialkörbe, in denen er Gesteinsproben sammelte und sortierte. Das war ein raffinierter, unverfänglicher Anlaß, öfter bei Rimma vorzusprechen und sogar ins Haus zu gehen.

So jedenfalls rekonstruierte Dr. Lallikow den Angriff Jankowskis auf Rimmas Tugend, und Kasutin und Babajew stimmten ihm zu. Nur so hatte es geschehen können, daß Rimma – bisher noch rein theoretisch – über Zeichnungen für Spezialkörbe zum Modell für unanständige Fotos abgesunken war. Jankowskis Art, selbst Frauen, die sich wie Schnecken in ihre Häuser zurückzogen, von entarteten Dingen zu überzeugen, war sattsam bekannt geworden.

Rimma Ifanowna saß im Garten in der Sonne unter einem Schirm, arbeitete an einem großen Rundkorb und sah Dr. Lallikow mit ihrem bekannten Grinsen an. Ihre Schönheit war so umwerfend, daß selbst Lallikow eine leichte Unsicherheit verspürte. Rimma trug eine tief ausgeschnittene Bluse, die man gewissermaßen als ein Fensterchen zur unantastbaren körperlichen Vollendung empfinden konnte.

»Das ist aber selten«, sagte Rimma Ifanowna sofort. »Sie machen Besuche? Was soll das? Hier liegt niemand im Sterben.«

Sie konnte sich eine solche Sprache erlauben, man nahm sie ihr nicht übel. Von jeher, seit Jahrhunderten, nehmen in Rußland die Idioten eine gesellschaftliche Sonderstellung ein. Es gab sogar eine Zeit, in der man die Stammler und Epileptiker Heilige nannte und ehrfurchtsvoll um sie herum saß, wenn sie ihre Anfälle hatten. So etwas wurzelt tief und läßt vieles erklären, was an Rußland unverständlich erscheint.

Dr. Lallikow lachte väterlich, setzte sich neben Rimma auf die Holzbank, blickte in den tiefen Blusenausschnitt und stellte fest, daß Rimmas rote Haare wie dünnste Seide waren. Der leichte Wind hielt sie in ständiger Bewegung.

»War Victor Semjonowitsch schon da?« fragte er geradeheraus. Bei Rimma Ifanowna waren keine diplomatischen Umwege nötig. Ihr unkomplizierter Geist begriff nur das Direkte.

»Wer ist Victor Semjonowitsch?« fragte Rimma zurück.

»Jankowski.«
»Nein.«
»Was heißt nein?«
»Er war nicht da.«
»Nicht mit seinem Apparat?«
»Mit welchem Apparat?«
»Mit dem Fotoapparat. Er wollte doch fotografieren.«
»Mich? Schon wieder?«
Dr. Lallikow spürte, wie es heiß in ihm aufwallte. Die Dinge komplizierten sich, das war nun offensichtlich. Er hatte von Rimma auch hier ein Nein erwartet; nun stellte sich heraus, daß der hyperpotente Jankowski auch Rimma vor die Linse bekommen hatte. Es gab also nicht nur ein Opfer – Galina Iwanowna –, sondern zwei, und damit war die Frage wieder völlig offen, wer nun die unbekannte Nackte ohne Kopf auf den Fotos war. Außer Zweifel stand, daß alle Aufnahmen die gleiche Person zeigten ... so völlig ähnlich hätten zwei Frauenkörper nicht sein können.
»Schon wieder«, wiederholte Dr. Lallikow mit einem heiseren Beiklang. »Wann hat er denn ...?«
»Ich weiß nicht. Mich interessiert kein Kalender.«
»Aber es war erst vor kurzem?«
»Ja, das war es.«
Rimma grinste lieb und blöd. Dr. Lallikow ver-

stand die Schöpfung nicht mehr, die in eine solche Schönheit so wenig Gehirn investierte.

»Wo hat er dich fotografiert?« fragte Lallikow direkt.

»Auf der Wiese. Ich mußte einen Strauß weißer Margeriten halten und mein Haar darumlegen. ›Das sieht wunderbar aus‹, hat er gesagt. ›Die weißen Blüten und deine roten Haare. Das Bild verkaufe ich an eine Illustrierte.‹ Er will mir dann die Illustrierte schenken.«

Dr. Lallikow nahm die dicke Brille ab und putzte die Gläser. Hier stimmt etwas nicht, dachte er. Von einem Blumenstrauß war auf den Fotos nichts zu sehen. Außerdem waren sie schwarzweiß. Hochglänzend. Da muß ein Irrtum vorliegen. Auf jeden Fall weiß man aber jetzt, daß Rimma Ifanowna ein williges Modell gewesen ist. Einen Film hat der raffinierte Jankowski mit den Blümchen verknipst, den anderen Film hat er dann mit anderen Flächen belichtet. So wird es gewesen sein, ohne Zweifel.

»Es war ein Farbfilm?« fragte Dr. Lallikow leichthin.

»Ja, natürlich.«

»Der zweite Film auch?«

So etwas nennt man eine Fangfrage. Wer da nicht höllisch aufpaßt, tappt in die Falle. Rimma Ifanowna in ihrer Einfalt merkte die Grube nicht. Sie sagte unbefangen: »Ich nehme es an.«

Dr. Lallikow nahm die dicke Brille ab und putzte die Gläser. Hier stimmt etwas nicht, dachte er.

Dr. Lallikow atmete rasselnd aus. Überführt! Der Triumph der Logik! Man konnte jetzt sogar rekonstruieren, wie Jankowski vorgegangen war, um die naive Rimma zu solchen Fotos herumzukriegen. Über den Umweg eines Margeritenstraußes. Einfach genial, das mußte man zugeben.

»Mein verführtes Kind«, sagte Dr. Lallikow in ehrlicher Erschütterung. Er wagte gar nicht, ins Detail zu gehen und zu fragen, wie Jankowski es Rimma erklärt haben mochte, daß eine Rasur den künstlerischen Eindruck noch verstärkte. Seine Fantasie reichte aus, sich diese Szene auszumalen – sie war von atemberaubender Dekadenz. »Du hast es nicht überblickt. Du brauchst dich nicht zu schämen.«

»Warum sollte ich mich schämen? Weil ich in eine Illustrierte komme?«

»Natürlich! Das rothaarige Blumenkind! Hach!« Dr. Lallikow stand auf und strich Rimma Ifanowna wie tröstend über das herrliche Haar. »Wer weiß noch von diesen Fotos?«

»Niemand. Ich will damit alle überraschen.«

»Das wird dir gelingen.« Dr. Lallikow blickte noch einmal in ihren Blusenausschnitt und dann in ihre grünblauen Augen. Ihr ewiges, dummes Lächeln war für einen Eingeweihten erschütternd. Welch ein Lüstling, dieser Jankowski, dachte Lallikow. Er scheut vor gar nichts zurück. »Sprich auch nie darüber«, sagte er zu Rimma und tätschelte ihr die Wange. »Und vergiß das alles schnell. Und wenn Jankowski kommt, laß ihn nicht mehr in dein Haus.«

»Was soll ich ihm denn sagen?«

»Schick ihn zu mir.«

»Gut.« Rimma Ifanowna wandte sich wieder ihrem großen Rundkorb zu. »Ich werde ihm bestellen, daß er Sie auch fotografieren soll.«

Dr. Lallikow wollte noch etwas sagen, wischte die Worte dann aber mit einer Handbewegung weg in dem Bewußtsein, daß Rimma keinen Zugang zur Logik hatte.

Die schöne Witwe Alla Philippowna Sitkina tat so, als habe sie Dr. Lallikow erwartet. Sie brachte duftenden Tee, einen kleinen Butterkuchen und eine Flasche Moosbeeren-Likör, setzte sich dann ihm gegenüber, und es genierte sie nicht im geringsten, daß ihr Morgenrock dabei über den Knien aufklaffte und ihre schönen, schlanken Beine bis zu den Hüften sehen ließ. Lallikow wagte einen schnellen Blick . . . die Witwe Sitkina trug ein enges, fliederfarbenes Höschen. Das Corpus delicti war also verborgen. Daß Alla Philippowna noch am frühen Nachmittag im Morgenrock und darunter ziemlich entblößt herumlief, erstaunte Dr. Lallikow kaum. Der Ruf der Sitkina hatte sich nach dem tragischen Tod ihres Mannes rapide verschlechtert. Bis nach Swerdlowsk sollten sich ihre Liebhaber verteilen.

»Unser Freund Jankowski«, sagte Dr. Lallikow gemütlich. »So vielseitig begabt und unermüdlich. Die Fotos, die er von Ihnen machte, meine liebe Alla Philippowna, sind wahre Kunstwerke.«

»Sie haben sie gesehen?« rief die Sitkina ohne die geringste Hemmung aus. »Das freut mich, lieber Doktor! Ich finde sie wundervoll!«

Dr. Lallikow wackelte mit der Nase, mußte seine Brille putzen und bescheinigte innerlich Jankowski eine geradzu phänomenale Männlichkeit. Galina Iwanowna, Rimma Ifanowna und nun auch noch Alla Philippowna, und das alles in einer Woche . . . Hut ab, Victor Semjonowitsch! Der Beruf eines Geologen muß unheimlich kräftigend sein. Viel frische Luft, das Blut dadurch voller Ozon, immer draußen in der Natur – das wirkt sich aus.

»Die Fotos sind erstaunlich«, sagte Lallikow, mit der Zunge schnalzend.

»Und vor allem so natürlich.«

»Das wollte ich damit sagen.«

»Zum Hingreifen plastisch.«

»Das ist nicht zu leugnen.«

»Was haben Sie gedacht, Doktor, als Sie die Fotos sahen?« fragte die Sitkina sichtlich begeistert.

»Sagen Sie es mir. Was haben Sie spontan gedacht?«

»Spontan?«

»Ja.«

»Donnerwetter!«

»Wirklich?«

»Ja, Donnerwetter!« Lallikow sah die Sitkina sichtlich erschöpft an. »Was soll man anderes dazu sagen?«

»Die gesamte Komposition stammt von Jankowski.«

»Das habe ich mir gedacht. So etwas fällt auch nur ihm ein.«

»Genau das habe ich ihm auch gesagt.«

»Und wie hat der gute Victor Semjonowitsch darauf reagiert?«

»Er hat gelacht. Er kann so herrlich lachen. So jungenhaft. So bezwingend.«

»Das ist der richtige Ausdruck: dieser liebe Junge.« Dr. Lallikow sprang auf. Die Sitkina blickte erstaunt zu ihm empor.

»Sie wollen schon wieder gehen, Doktor? Nicht noch ein Likörchen?«

»Heute war ein anstrengender Tag.«

»Wenigstens einen Schluck Tee. Und ein Stückchen Kuchen. Mit bester Butter. Simon Michailowitsch, bei mir können Sie sich ausruhen. Hier stört Sie niemand.«

»Ich bin dessen nicht so sicher.«

»Aber ja. Wenn ich Besuch habe, lasse ich am Fenster über der Tür die Jalousie herunter. Da weiß gleich jeder: besetzt.« Die schöne Witwe Sitkina goß Tee nach und zerteilte den Butterkuchen. »So lange Sie bleiben, Doktor Lallikow, ist hier die Ruhe einer einsamen Insel um Sie.«

Sie läßt die Jalousie herunter, dachte Lallikow. Das ist ihr rotes Licht. Besetzt. Man lernt nie aus. Im gleichen Augenblick fiel ihm ein, daß man ihn beobachten könne, wie er nachher das Haus der Sitkina verließ und sie die Jalousie wieder hochzog. Freie Fahrt. Der Nächste. Böswillige könnten dabei selbst bei einem Arzt auf abwegige Gedanken kommen.

Lallikow wurde rot, trank im Stehen seinen Moosbeeren-Likör und ging zur Tür.

»Ein Arzt hat nie Zeit«, sagte er entschuldigend. »Wenn Sie wüßten, Alla Philippowna, was mich heute abend noch alles erwartet . . .«

»Ich glaube es Ihnen.« Die Sitkina erhob sich, ordnete ihren Morgenrock und brachte Lallikow zum Ausgang. Dabei zog sie die Jalousie hoch, was Lallikow wie eine Provokation empfand. »Nur eine Frage noch. Warum sind Sie überhaupt zu mir gekommen, Simon Michailowitsch?«

»Es ging um die Klarstellung einer Klarheit.«

»Wie bitte? Erklären Sie mir das, mein Lieber.«

»Es wäre zu kompliziert, Alla Philippowna. Nehmen Sie hin, daß ich mich nur erkundigen wollte, wie es Ihnen geht. Ich habe mich davon überzeugt, daß nichts auszusetzen ist.«

Auf der Straße blieb er ostentativ stehen, damit auch alle sahen, daß er aus dem Haus der Sitkina kam und er nichts zu verbergen hatte. Dann ging er würdevoll weiter, machte einen Abstecher zur Apotheke und ließ sich im Rezepturraum auf einen Stuhl fallen. Dudorow, der Apotheker, sah ihn besorgt an.

»Was haben Sie?« fragte er ihn hastig.

»Ich brauche einen großen Wodka«, sagte Dr. Lallikow erschöpft. »Am besten gleich 100 Gramm. O Himmel, fragen Sie nicht, Akbar Nikolajewitsch! Es gibt Dinge körperlicher Konsistenz, die auch medizinisch nicht erfaßbar sind.«

Daraufhin trank er den Wodka wie Wasser und versank in dumpfes Brüten.

Am Abend trafen sie sich wieder bei Väterchen Mamedow.

Sie traten, da sie sich auf der Straße begegnet waren, alle gemeinsam ins Zimmer, zuerst Kasutin, dann Babajew, am Ende Dr. Lallikow.

Der Pope saß regungslos auf seinem Stuhl und sah ihnen stumm entgegen. Er schien sich die Haare gerauft zu haben, denn deren sonst so gepflegte weiße Pracht wirkte unordentlich und irgendwie

. . . machte einen Abstecher zur Apotheke und ließ sich im Rezepturraum auf einen Stuhl fallen.

zerstört. Mit einem trüben Blick nahm er wahr, daß die drei sich setzten. Dr. Lallikow legte einen Bogen auf den Tisch: die verfluchte Liste der schönen Weiber von Nowo Korsaki.

»Gehen wir gleich zur Sache«, sagte Dr. Lallikow. »Die Frage ist gelöst, indem man sie nicht lösen kann. Die Ergebnisse der Nachforschungen sind deprimierend. Sie sprengen alle Vorstellungen, übertreffen selbst medizinisch die Erkenntnisse männlicher Physiologie. Ich bin glattweg erschüttert.«

»Sprechen Sie nicht weiter«, stöhnte Väterchen Akif voller Qual. »Ich durchleide seit Stunden das Fegefeuer. Ich büße ehrlich. Aber ich muß es sagen: Ja! Sie ist es!«

»Wer?« rief Kasutin und beugte sich vor.

»Sie hat es gestanden«, sagte Mamedow. »Mit der Wurzel einer japanischen Kirsche fing es an. Es ist Stella Gawrilowna.«

»Was ist sie?« fragte Dr. Lallikow und wurde bleich.

»Das unanständige Modell«, röhrte Väterchen Akif.

»Wer kann das noch ertragen?« stammelte Lallikow. »Ich kaum.«

»Ich werde daran zerbrechen«, stöhnte Akif Victorowitsch.

»Das ist unglaublich.« Lallikow hielt mit beiden

Händen seine dicke Brille fest. »Jetzt sind es vier. Vier in einer Woche. Ob das wirklich die ozonhaltige Luft bewirkt?«

Kasutin hob beide Hände und wedelte mit ihnen in der Luft. »Ich weiß nicht, was ihr redet«, sagte er verwundert. »Der Fall ist doch ganz einfach. Durch einen Zufall, so im Vorbeigehen, habe ich ihn gelöst. Eine ganz simple Sache: Es ist Antonina Pawlowna Zwetkowa.«

»Nein!« stöhnte Dr. Lallikow. »Nein! Pjotr Dementijewitsch, bringen Sie mich nicht um! Widerrufen Sie das!«

»Es ist die Wahrheit: Der Körper ohne Kopf gehört der schönen Antonina.«

»Ich überlebe das nicht«, stammelte Lallikow. »Das ist schlimmer als in einem altgriechischen Drama.«

»Der Körper gehört Stella Gawrilowna«, sagte Väterchen Akif dumpf und wie schon jenseits dieser Welt. »Ich weiß es genau.«

»Wenn ein Pope das genau weiß . . .« ließ sich der verschüchterte Babajew vernehmen.

»Und warum läßt sich die Zwetkowa Päckchen mit Enthaarungscreme schicken?« regte sich Kasutin auf. »Ist das kein Beweis?«

»Sie läßt sich . . .« flüsterte Lallikow. »O nein!«

»Über Dudorow. Ich war dabei, als die Creme ankam. Enthaarungscreme! Wer kann da noch etwas sagen? Und Jankowski ist mindestens dreimal in der Woche bei Zwetkow zu Gast. Wollt ihr alle Logik auf den Kopf stellen?«

»Ja.« Dr. Lallikow strich mit beiden Händen über die Liste, als sei sie ein wertvolles Pergament aus grauer Vorzeit. »Ich kann es beweisen.«

»Ich auch«, schloß sich Akif Victorowitsch an.

»Gehen wir methodisch vor. Ich rufe die Namen auf.« Lallikow holte tief seufzend Atem. »Dunja Sergejewna –«

»Ist doch einwandfrei gestrichen!« rief Kasutin.

»Sie Glücklicher«, brummte Akif.

»Galina Iwanowna – hat gestanden«, sagte Dr. Lallikow laut.

»Wie man sich täuscht«, meinte Babajew.

»Stella Gawrilowna . . .«

»Hat gestanden«, stammelte Väterchen Mamedow.

»Rimma Ifanowna – hat gestanden.«

»Mir wird schwarz vor den Augen«, flüsterte Babajew, der plötzlich das ganze Ausmaß der Tragödie überblickte.

»Alla Philippowna Sitkina – hat gestanden. – Antonina Pawlowna Zwetkowa . . .«

»Hat mit dem Bezug von Enthaarungscreme gestanden«, fiel Kasutin ein.

»Das sind fünf. Alle fünf auf der Liste.« Dr. Lallikow lehnte sich weit zurück. »Alle fünf sind überführt, die unanständigen Modelle des Genossen Jankowski zu sein. Aber nur *eine* kann es wirklich sein! Nur *eine* auf *diesem* Film! Doch wer? *Wer?*« Lallikows Stimme wurde fast weinerlich. »Liebe Genossen, ich stelle fest: Wir sind genau an dem Punkt angelangt, an dem wir am Anfang standen. Wir wissen nichts. Wem gehört der Körper ohne Kopf?«

»Wir wissen nur eins«, sagte der unselige Babajew heiser. »Jankowski hat sie alle fotografiert . . . *so* fotografiert! Sie . . . sie haben ja alle gestanden.«

»Man muß ihn umbringen«, sagte Akif kaum hörbar. »Dieser Victor Semjonowitsch ist ja ein sexuelles Monster. Man muß die Welt von ihm befreien.«

»Er versetzt uns in diese Zwangssituation, ja.« Dr. Lallikow starrte Kasutin und Babajew mit hervorquellenden Augen an. Durch die starken Brillengläser sah das noch grausiger aus. »Was schlagen Sie vor, Genossen?«

»Man sollte Zwetkow einen Wink geben«, sagte Babajew. »Vielleicht vergiftet er Jankowski beim nächsten Abendessen.«

»Dann würde man Rassul Alexejewitsch als Mörder verhaften. Wäre das gerecht? Ich sage: nein!« Kasutin hieb mit der Faust auf den Tisch. »Man müßte Jankowski draußen in den Wäldern, wenn er nach seinen Steinchen sucht, überfallen und entmannen.«

»Dabei besteht aber auch die Gefahr, daß er verblutet«, sagte Dr. Lallikow.

»Und wenn Sie ihn nach diesem Überfall operieren, Genosse?« fragte Kasutin.

»So geht es nicht.« Väterchen Akif hob den Kopf. Er wirkte wie ein waidwundes Tier, das noch einmal einen Laut von sich gibt. »Vertraut auf die Kirche, Freunde. Auf das bezwingende Wort. Auf das Anstechen der Seele. Ich werde mit Victor Semjonowitsch morgen ein offenes Wort sprechen.«

Man fand diese Zwischenlösung gut und ging auseinander.

Aber irgendein Zweifler mußte unter ihnen sein, denn eine Stunde später rief ein Anonymus beim Baubeauftragten Zwetkow an und sagte: »Mein lieber Rassul Alexejewitsch, beäuge einmal genau dein Weibchen Antonina, und frage sie dann nach der Enthaarungscreme. Bitte, unterzieh dich dieser interessanten Pflicht.«

Der dicke Zwetkow schüttelte den Hörer, brüllte: »Wer ist denn da?« und legte dann baß erstaunt auf.

III.

Der Herr liebt die, die reinen Herzens sind.

Was man auch über Victor Semjonowitsch Jankowski bisher gehört und gelesen hat – es schien so, als gehöre er zu den Auserwählten. Er war ein gutaussehender, sportlicher Mann, durch seinen Beruf als Geologe kam er viel in der Welt herum, er konnte also spannend von Gegenden erzählen, die andere nur auf der Landkarte kannten. Er lachte gern, war großzügig in der Beurteilung seiner Mitmenschen und zeigte einen ausgeprägten Sinn für Kunst aller Art. Er verstand etwas von Malerei, Architektur, Skulptur, Theater und Musik, las Romane, konnte über moderne Philosophien diskutieren und war auch nicht in Verlegenheit zu bringen, wenn man mit Parapsychologie anfing. Also rundherum ein Teufelskerl.

Dazu kam, daß er mit einem weichen, warmen

Bariton ausgestattet war, gern Arien sang, sich dabei selbst auf der Laute begleitete oder – wenn es möglich war – auf dem Klavier. Mit Antonina Pawlowna sang er sogar Duette, etwa: ›Reich mir die Hand, mein Leben . . .‹ oder ›Ein Mädchen oder Weibchen wünscht Papageno sich . . .‹ Das klang vorzüglich, der fette Zwetkow saß dann selig lächelnd im Sessel und erfreute sich am Charme seiner Frau, nannte Victor Semjonowitsch einen edlen Freund und einen Gewinn für Nowo Korsaki.

Da sollte einer noch sagen, der Genosse Jankowski sei kein Glückskind!

Babajew sah mit größter Spannung dem Augenblick entgegen, an dem Jankowski die Vergrößerungen seiner Fotos abholte. Und tatsächlich erschien Victor Semjonowitsch wie vereinbart am Vormittag des übernächsten Tages, betrat den Laden, grüßte wie immer mit einer impertinenten Freundlichkeit und fragte unverfroren: »Haben Sie die Fotos fertig, Nikita Romanowitsch?«

»Pünktlich, wie zugesagt.« Babajew griff unter die Theke, holte das Kuvert mit den Vergrößerungen 18×18 hervor und legte sie auf den Tisch. Jankowski öffnete unbefangen das Kuvert, zog die Bilder heraus und betrachtete sie einzeln mit sichtbarer Wonne, hielt sie sogar in die Sonne und nickte mehrmals. Babajew rollte vor Erregung den Speichel im Mund hin und her.

»Sind Sie zufrieden, Genosse?«

»Durchaus. Nikita Romanowitsch, Sie sind ein Könner Ihres Fachs. Sie haben alles aus den Aufnahmen herausgeholt, was herauszuholen war.«

»Das war nicht schwierig bei diesen Perspektiven.«

»Trotzdem. Man sieht an den Vergrößerungen, daß Sie mit Liebe dabei waren.«

Babajew bemühte sich, ein plötzliches Rotwerden zu unterdrücken, und hielt deshalb die Luft an, was natürlich falsch war. Er tauchte deshalb an der Theke unter, suchte in einem Stapel von Prospekten, fand eine Reklame für neue Objektive und hatte sich unterdessen so beruhigt, daß er den Prospekt an Jankowski weitergeben konnte. »Man tut, was man kann«, sagte er dabei heiser.

»Und Sie können viel.« Jankowski schob die Bilder wieder in das Kuvert und strahlte Babajew an. »Was mir an Ihnen so gefällt, Nikita Romanowitsch, ist Ihre Freude an der Arbeit, Ihr Verständnis, Ihre Diskretion.«

»Dafür ist man Fotograf«, antwortete der arme Babajew verlegen. »Unsere Arbeit basiert auf gegenseitigem Vertrauen.«

»Das wollte ich damit sagen.« Jankowski klemmte das Kuvert unter seinen Arm. »Diese Vergrößerungen sind Meisterwerke. Ich werde

Ihnen in den nächsten Tagen noch mehrere Filme bringen.«

»Noch . . . mehr . . .?« stotterte Babajew am Rande des Umfallens.

»Ja, insgesamt sieben.«

»Sieben? Welche Freude! Äh . . . ähnlich im Motiv?«

»Gemischt. Auch viel Natur ist dabei.«

»Viel . . . Natur . . .?«

»Ich liebe Schönheit in jeder Form«, sagte Jankowski mit glänzenden Augen. »Gibt es zum Beispiel Herrlicheres als von der Sonne überhauchte, schwellende Matten?«

Babajew nickte entrückt. »Schwellende Matten . . .« wiederholte er wie ein Somnambuler.

»Eine sich öffnende Knospe. – Aber wem sage ich das? Als Fotograf ist Ihr Auge ja auch geschult für solche Köstlichkeiten, nicht wahr, Nikita Romanowitsch?«

Babajew nickte stumm und war heilfroh, als Jankowski endlich das Geschäft verließ, draußen in einen kleinen Geländewagen stieg und fortbrauste in die Wälder zu seiner Forschungsarbeit. Er rannte nach hinten zum Telefon und rief den Parteisekretär Kasutin an, dem Dunja Sergejewna gerade eine verspannte Schulter massierte. Auch das gehörte zu ihrer Sekretärinnentätigkeit. Sie verstand sich gut aufs Massieren, knetete Kasutin wie eine gelernte

Masseuse durch und nahm zwischendurch auch noch Telefonate auf.

»Es ist Genosse Babajew«, sagte sie und blickte Kasutin an. »Mein Gott, ist der aufgeregt!«

Kasutin nahm den Hörer und hustete hinein, weil Dunja ihre zarten Hände wieder in seinen Rückenmuskel hieb. »Ich ahne Schlechtes, Nikita Romanowitsch«, sagte Kasutin.

»Er war eben da, hat die Fotos abgeholt und ist weggefahren in die Wälder. Vor meinen Augen hat er sie ausgepackt und betrachtet. Völlig schamlos. Geradezu verzückt. Ich hatte schon die Befürchtung, er würde die Bilder auffressen.«

»Das ist es!« sagte Kasutin feierlich. »Wir haben es ja analysiert: Er ist pervers. Auf eine gefährliche Art. Bei ihm schwappt die Perversion über und gefährdet die Umwelt. Was hat er noch gesagt?«

»Er bringt neue Filme. Sieben Stück.«

»Nein!« Kasutin war zusammengezuckt. »So eine Frechheit.«

»Mit schwellenden Matten.«

»Mäßige dich, Babajew.«

»Jankowski hat das gesagt. Ich glaube, Pjotr Dementijewitsch, es wird einen Skandal geben, der uns alle wie eine Lawine unter sich begräbt.«

»Warten wir ab, was Akif Victorowitsch erreicht. Bleib ganz ruhig, Nikita Romanowitsch, ganz beherrscht. Wir müssen einen klaren Kopf behalten. Vergessen wir nicht die Diagnose von Doktor Lallikow. ›Der Genosse Jankowski ist ein armer Mann‹, sagte er. ›Leidet an einer Form des Priapismus.‹ Ich weiß zwar nicht, was das ist, aber es muß ein schreckliches Leiden sein, so wie es Doktor Lallikow mit dumpfer Stimme ausgesprochen hat. Wir sollten alle unsere Fantasie aufbieten, um Victor Semjonowitsch zu helfen.«

Eine Stunde später besuchte Kasutin den dicken Zwetkow, um eine kleine Zeitbombe gegen Jankowski zu legen. Zwetkow saß in seinem Haus auf der Veranda, rauchte eine grusinische Zigarre, las den ›Neuen Morgen‹ und war mit sich zufrieden. Seine hübsche Frau Antonina Pawlowna lag in einem Liegestuhl unten im Garten, trug einen knappen Bikini, wie ihn in Nowo Korsaki nur noch die schöne Witwe Sitkina besaß, und hatte das linke Bein hoch in die Luft gestreckt. In dieser nicht gerade bequemen, aber attraktiven Haltung lackierte sie sich die Zehennägel. Kasutin warf einen langen Blick auf dieses schöne Bild, das eigentlich verderbte westliche Lebensart ausdrückte, und setzte sich dann neben Zwetkow in einen weichen Korbsessel.

»Gut, daß Sie kommen, Pjotr Dementijewitsch«, sagte Zwetkow und hielt Kasutin die Zigarrenkiste hin. »Man belästigt mich.«

»Moment.« Kasutin biß die Spitze einer Zigarre

ab, spuckte sie aus, entzündete die Zigarre und rauchte sie genußvoll an. Mit geschlossenen Lidern ließ er den Geschmack über seine Zunge fließen. So ist das, dachte er dabei. Um so zu leben, muß man den Staat bescheißen. Ein ehrlicher Parteisekretär kann sich nie eine ›Grusinische No. 1‹ leisten. Zertreten sollte man die Schmarotzer – aber wo stände unsere Wirtschaft jetzt, wenn wir sie nicht hätten? »Wer würde wagen, Sie, Genosse Zwetkow, zu belästigen?«

»Ein Anonymer. Ein Telefonbandit. Ein fernmündlicher Wegelagerer. Gestern spät am Abend.«

»Konnte nicht ein anderer gemeint sein?«

»Bin ich ein Idiot?«

Kasutin blies den Zigarrenrauch in kleinen Wölkchen über die Lippen. »Was sagte er denn?«

»Ich soll mich der interessanten Mühe unterziehen, meine Frau Antonina Pawlowna zu beäugen.«

Kasutin verschluckte sich am Rauch, hustete heftig, rang mit hervorquellenden Augen nach Luft und klammerte sich an der Tischkante fest. Erst nach ziemlich langer Erholungszeit war es ihm möglich, mit kratzender Stimme zu sagen: »Das ist allerdings ein starkes Stück.«

»Und um die Enthaarungscreme soll ich mich kümmern.«

Kasutin dankte seinem sonst immer geleugneten Gott, daß er in einem Sessel mit Seitenstützen saß.

Er hatte das Gefühl, wegzurutschen . . . die Anziehungskraft der Erde mußte sich plötzlich verzehnfacht haben.

»Was soll . . . soll man davon halten?« stotterte er. »Welch absurder Gedanke! Was haben Sie, Rassul Alexejewitsch, mit Enthaarungscreme zu tun? Haha, wenn es nicht so blödsinnig wäre – man sollte darüber lachen.« Kasutin starrte plötzlich den fetten Zwetkow wie die Schlange das Kaninchen an. »Sie haben doch noch nie Enthaarungscreme gesehen, nicht wahr?«

»Wieso nicht?« Zwetkow lutschte böse an seiner Zigarre. Das späte Telefongespräch erregte ihn noch immer über Gebühr. »Lebe ich in einer Höhle? Natürlich kenne ich diese kosmetische Spezialität.«

»Dem Namen nach. Von der Reklame. Wir alle kennen sie, na klar!« Kasutin holte tief Luft. »Aber in der Hand gehabt?«

»Auch das«, sagte Zwetkow wie angewidert.

Kasutin flimmerte es vor den Augen. »Oha!« stotterte er, spitzte die Lippen und stieß einen unbeherrschten Pfiff aus. Sein Blick ging in Richtung Antonina Pawlowna. Sie lag im Garten da wie auf dem Gemälde eines großen alten Meisters. Kasutin dachte sich den Bikini weg und bekam einen rauhen Hals.

»Warum pfeifen Sie so dämlich, Pjotr Dementijewitsch?« fragte Zwetkow grob. »Sagen Sie mir lieber, was Sie unternehmen wollen. Wie schützen Sie ehrbare Bürger vor anonymen Telefonaten? Ich bin beleidigt worden. Meine Frau Antonina Pawlowna ebenfalls. Sie hätten das hören müssen, diese süffisante Stimme am Telefon.«

»Was halten Sie von Jankowski?« fragte Kasutin wie ein Flüchtender, der den Verfolgern einen ablenkenden Brocken hinwirft.

»Ein wahrer Freund. Warum?«

»Ein guter Fotograf.«

»Ein Künstler auf jedem Gebiet.«

»Dem ist beizupflichten.« Kasutin bemühte sich, wieder sein Gleichgewicht zu finden. »Was fotografiert er denn so?«

»Alles. Besonders meine Frau.«

»Ah!« Kasutin schluckte verlegen. »Interessant.«

»Interessant ist es.« Zwetkow strich sich verlegen über den gewaltigen Bauch. »Ist meine Frau nicht auch eine seltene Schönheit? Und fotogen? Victor Semjonowitsch hat Aufnahmen gemacht, die Gemälden gleichen. Er hat ein Auge für Beleuchtungen.«

»Das hat er wahrhaftig. Der große Künstler zeigt sich im Weglassen, und Jankowski läßt manches wegfallen ... Kopf, Haut und Haare ...«

Zwetkow blickte Kasutin verwundert an, wedelte sich dann mit seiner dicken Hand Luft aus der

Richtung Kasutins zu und schüttelte den Kopf. »Kein Alkoholgeruch! Verzeihen Sie, Pjotr Dementijewitsch, aber einen Moment dachte ich, Sie seien durch ein Wodkafaß gekrochen. Sie reden ungewöhnlich verworren.«

»Sie kennen alle Fotos, die Jankowski von Antonina Pawlowna gemacht hat?« fragte Kasutin durchaus nicht beleidigt.

»Das weiß ich nicht. Die schlechten wird er mir nicht zeigen.«

»Und die besten?« Kasutin erhob sich, um seinen Aufbruch in die Wege zu leiten. Die Zeitbombe war gelegt, nun tickte ihre Uhr in der Seele des dicken Zwetkow.

»Die besten kleben in einem Album«, brummte Rassul Alexejewitsch. »Warum sind Sie eigentlich zu mir gekommen, Genosse Kasutin?«

»Ich wollte Ihnen sagen, daß wir vom Bezirk das Geld für einen Kindergarten bekommen.«

»Das ist nett, daß Sie mir diese Neuigkeit sofort überbringen«, antwortete Zwetkow mit größter Freundlichkeit. »Meine Pläne liegen schon seit Monaten in Magnitogorssk und sind genehmigt. In einer Woche beginne ich mit den Ausschachtungen. Das Projekt ist voll finanziert.«

Ein Blitz zerschmettere diesen Dickwanst, dachte Kasutin. Natürlich wußte der Kerl schon wieder vorher alles und hatte bereits seinen Profit in der

Tasche, als wir noch ahnungslos waren. Was wären wir ohne Planwirtschaft?

»Wenn wir Sie nicht hätten, Genosse Zwetkow«, sagte Kasutin säuerlich.

»Auch die künstlerische Ausgestaltung ist genehmigt.« Zwetkow rieb sich die Hände. »An der Längswand der großen Halle wird ein Riesenfoto von Jankowski aufgezogen . . .«

Kasutin stützte sich mit beiden Händen auf die Sessellehne. Seine Backenmuskeln malmten, aber er brachte keinen Laut hervor.

»Ein wundervolles Foto«, fuhr Zwetkow fort. »Ein Motiv aus der Heimat der Kinder. Eine Allegorie: Hügelland und Niederung . . .«

Kasutin nickte schwer. Er verließ Zwetkows Haus, setzte sich in seinem Dienstwagen hinter das Lenkrad und legte den Kopf nach hinten auf die Rückenlehne. So blieb er eine Weile sitzen, wie jemand, dem man im Auto die Kehle durchgeschnitten hatte.

Wie ist Nowo Korsaki noch zu retten, dachte er. O Himmel, welch völlige Überrollung! Und keiner hätte es gemerkt, wenn uns nicht die unanständigen Fotos vor die Augen geraten wären. Eine spätere Generation wird einmal Babajew und Kasutin als Befreier verehren.

Es muß etwas getan werden! Der Jankowski-Virus hat ja schon die halbe Stadt verseucht!

Moses ging zum Berg, um seinem Volk neue Gesetze zu beschaffen. Väterchen Akif fuhr mit einem Moped zu einer steinigen Schlucht im Wald, um dem Geologen Jankowski ins Gewissen zu reden.

Es ist bibelkundig, daß Moses, als er vom Berg zurückkam, sein Volk um das Goldene Kalb tanzen sah. Der Pope Mamedow erstarrte in heiligem Zorn, als er Jankowski nicht allein in der Schlucht vorfand. Rimma Ifanowna, die rote Schönheit mit dem reduzierten Gehirn, war bei ihm.

»Es ist so«, sagte Akif mit seiner dröhnenden Stimme, die in der Schlucht sogar widerhallte, »daß ich nicht stören wollte. Ich hatte in Erinnerung, daß Sie allein Ihre Studien treiben, mein Sohn.«

Er sah sich um und entdeckte, daß Jankowski sich sogar eine Holzhütte gebaut hatte, ein primitives Gebilde allerdings, das aus einem Dach mit Seitenpfählen bestand. Es handelte sich also mehr um einen Schutz gegen plötzliches Unwetter als um eine Unterkunft. Immerhin stand ein Klappbett unter dem Dach, und eine Kiste diente als Tisch. Von einem Bett aber geht immer eine moralische Prüfung aus, wenn es so allein steht und besonders hübschen Mädchen ins Auge fallen muß.

»Kommen Sie herunter, Väterchen!« rief Jankowski und zeigte auf eine Leiter, die an der

Der Pope Mamedow erstarrte in heiligem Zorn, als er Jankowski nicht allein in der Schlucht vorfand.

Steilwand lehnte. »Wenn Sie aber schwindlig sind, komme ich hinauf zu Ihnen!«

»Der ständige Umgang mit dem Himmel macht mich schwindelfrei«, erwiderte Akif würdevoll. »Ich komme zu dir, mein Sohn, und wenn du in der Höllenspalte wohnst! Ich *muß* zu dir – da gibt es keine Hindernisse.«

Er kletterte die Leiter hinab, strich, unten angekommen, seinen Bart zurecht und blickte tadelnd auf Rimma Ifanowna. Zwar war sie ordentlich gekleidet und hinterließ in keiner Weise den Eindruck von überraschter Verwerflichkeit, aber die Frage blieb offen, was eine Korbflechterin in der steinigen Grube eines Geologen zu suchen hatte. Eine berufliche Interessengemeinschaft war auf jeden Fall zu verneinen.

»Muß sie dabei sein?« fragte er streng und zeigte auf Rimma wie auf eine neugierige Ziege. »Ist sie bei deiner Arbeit sehr vonnöten? Das zu beurteilen, obliegt nicht mir, mein Sohn.«

»Rimma Ifanowna gab mir einen Hinweis«, sagte Jankowski.

»Soso.«

»Sie zeigte mir einige bisher unbeachtete Stellen.«

»Aha.« Akifs Bart sträubte sich. Der Pope war versucht, Rimma niederknien und ihre Reue laut aussprechen zu lassen, aber in Anbetracht der anderen wichtigen Klärungen verzichtete er auf strengere Gewissenserforschungen. »Das gute Mädchen!«

»Ich bin sehr zufrieden mit ihr.«

Akif Victorowitsch bezwang sich, diese Ungeheuerlichkeit ruhig zu schlucken. Es war schon eine enorme Leistung von Selbstbezwingung damit verbunden, Rimma mit umflorten Augen anzusehen und sich vorzustellen, wie dieses herrliche Geschöpf sich im Wald, in einer Steinschlucht, auf einem Klappbett unter einem Holzdach frohgemut vergaß. In Mamedows Händen zuckte es. Der heilige Zorn drängte ihn geradezu, mit Jankowski eine Schlägerei anzufangen. Er griff sich an die Brust, fühlte unter dem Priesterkleid den länglichen, harten Gegenstand und war zufrieden. In der Notwehr ist eine Pistole immer der beste Freund. Die Zeit der Märtyrer ist vorbei . . . oder besser gesagt: Man soll Seligsprechungen solcher Art tunlichst aus dem Wege gehen.

Akif wartete, bis Rimma Ifanowna die Leiter hinaufgeklettert war, wobei sie viel Bein und Schenkel zeigte, dann hörte man das Knattern eines schweren Motorrades. Jankowski ging unter das Dach zu dem Klappbett.

»Nun sind wir allein«, sagte er.

»Ja, nun sind wir allein.« Der Pope kam auch unters Dach, zögerte, mied das Lasterlager und setzte sich auf die Kiste. »Eine große Stunde.«

Victor Semjonowitsch sah Akif Victorowitsch fragend an. Dieser faltete die Hände.

»Wir sollten offen miteinander sprechen«, begann er in gütigem Ton. »Mein Sohn, wir haben beide die gleichen Namen . . . das sollte uns verpflichten und einander näherbringen. Jegliche Lüge sollte von uns abfallen, die Reinheit einer Taube sollte unserem Gemüt eigen sein, die Brüderlichkeit sollte unsere Herzen öffnen.« Er beugte sich vor und starrte Jankowski wie ein Gewürgter an. »Was hast du mit Stella Gawrilowna getan, mein Sohn?«

»Sie versorgt mich mit frischen Blumen«, antwortete Jankowski freimütig.

»Und sonst?«

»Ab und zu mit Töpfen.«

»Und darüber hinaus?«

»Sie ißt so gerne Blinis mit Essigpilzen. Da habe ich sie zum Essen eingeladen. Ich habe eine besondere Art, Blinis zu backen . . .«

»Nicht nur das!« unterbrach Väterchen Akif gereizt. »Was war mit der japanischen Kirsche?«

»Damit? Stella Gawrilowna besorgte sie mir. Hat sich das schon herumgesprochen?«

»Und wie es sich herumgesprochen hat!« erklärte Mamedow mit Betonung.

»Ein Prachtexemplar.« Jankowskis Miene strahlte. »Wenn man sie richtig pflegt, entwickelt sie eine Blüte.«

Väterchen Akif tastete nach seiner Pistole unter dem Kittel und seufzte verzweifelt. Er wußte, welch ein Prachtexemplar Stella Gawrilowna war, dazu benötigte man nicht die Erkenntnis eines Jankowski. Aber es war interessant zu erfahren, welcher besonderen Pflege es bedurfte, sie noch mehr aufblühen zu lassen. In Mamedows Inneren spannte sich alles, als er fragte: »Gehört Fotografieren dazu?«

»Selbstverständlich habe ich sie auch fotografiert«, erwiderte Jankowski ahnungslos. »So etwas muß man im Bild festhalten! Ich fotografiere alles, was mit Schönheit zusammenhängt. Wir sind ja eine Gemeinschaft der Blinden, wir sehen gar nicht mehr, wieviel Herrlichkeit es um uns herum gibt. Die kleinsten Dinge, und mögen sie noch so nackt sein, verbergen in ihrer Form einen Rhythmus.«

Mamedow zuckte schmerzhaft zusammen. In seinem Kopf brodelte es. Welche Schamlosigkeit! Welche Infamie!

»Ich will ein Buch über die Schönheit herausbringen«, fuhr Jankowski fort. »Über die unbemerkte Schönheit um uns herum. Die Vollendung der Nichtigkeiten. Haben Sie schon mal einen einfachen Pflasterstein genau betrachtet, Väterchen? Oder einen Pflaumenkern? Dieses Wunder der Natur? Oder ein Stück Birkenrinde? Oder einen Käfer, der ein Blättchen zersägt? Das sind Wunder, an denen wir achtlos vorbeigehen.«

»An Stella Gawrilowna geht niemand achtlos vorbei«, sagte Akif rauh. »Sie kommt auch in dein Buch, mein Sohn?«

»Vielleicht. Die Auswahl der Fotos nehme ich erst im Winter vor. Vorläufig suche und fotografiere ich noch.«

»Aha. Es geht also so weiter?«

»Es soll ein besonderes Buch werden, Väterchen.«

»Das wird es bestimmt.«

Akif Victorowitsch kämmte mit beiden Händen seinen Bart. »Hast du keine Angst, daß dir bei der Ausübung deines Berufes etwas zustößt?«

»Damit muß man immer rechnen.«

»Du gehst gefahrvolle Wege, mein Sohn.«

»Im Augenblick nicht. Rimma Ifanowna hat mich auf etwas hingewiesen, das sie von ihrem Vater weiß und das in keiner Karte verzeichnet steht: Hier in der Gegend muß es ein kleines Bergwerk gegeben haben. Ein winziges nur, betrieben von ein paar Abenteurern, bis der letzte wegstarb. Sie schürften nach Edelsteinen. Diamanten! Rimma weiß die genaue Stelle nicht, aber diese muß hier in den engen Schluchten zu finden sein. Ich habe genug zu tun.«

Akif hatte wenig Interesse an Steinfunden, er hörte nur heraus, daß Jankowski entgegen aller Vermutungen nicht so bald abreiste.

»Du bleibst also noch länger hier?« fragte er.

»Nowo Korsaki ist ein idealer Ort. Geologisch interessant . . . und ich habe daneben auch noch Zeit genug, mein Fotobuch herauszubringen. Später will ich einen Erlebnisbericht schreiben.«

»Auch das noch! Du bist ein fleißiger Mensch!« Väterchen Mamedow atmete heftig. »Alle Erlebnisse?«

»Ja. Man wird staunen.«

»Das ist zu erwarten. Victor Semjonowitsch, ich werde für dich beten müssen. Du wandelst auf gefährlichem Pfad. Warum beschränkst du dich nicht darauf, Diamanten zu suchen?«

Jankowski betrachtete den Popen mit Ehrfurcht und in stillem Staunen. Ihm war völlig unklar, was Akif mit seinem Gerede ausdrücken wollte. Noch weniger verstand er, daß sein Beruf so gefährlich sein sollte. Zugegeben, es konnte vorkommen, daß ein alter Stollen einstürzte und man verschüttet wurde, aber dagegen traf man Vorkehrungen, indem man die Gänge erst einsturzsicher abstützte, ehe man in die Tiefe vordrang. Immerhin war es rührend, daß der Pope sich um sein Wohlergehen solche Sorgen machte und ihn extra in der Schlucht aufsuchte. Vom Fotografieren schien Väterchen Akif allerdings gar nichts zu halten, obgleich Jankowski ihm einige sehr gute Bilder der Kirche geschenkt hatte, die auch bei ihm an den Wänden hingen, zusammen mit den Aufnahmen von Babajew. Der Plan mit dem Fotobuch begeisterte ihn offensichtlich dennoch nicht.

»Vielleicht werde ich später nur noch Bücher herausbringen«, sagte Jankowski ahnungslos. »In der künstlerischen Fotografie liegt eine große Zukunft.«

Akif Victorowitsch brachte es nicht übers Herz, Jankowski jetzt und hier niederzuschießen und dann ein großes Geschrei anzustimmen, eine Bande von Wilderern habe den guten Mann ermordet. Ja, wäre es zum Streit gekommen, hätte man im rasenden Zorn gehandelt, wäre das Blut in den Adern zum Wildbach geworden; hätte Jankowski z. B. Einzelheiten seiner Exzesse mit Stella Gawrilowna preisgegeben, dann hätte Mamedow seine Pistole gezogen und ohne Reue abgedrückt. Aber nichts dergleichen war ja geschehen. Jankowski war ein freundlicher Junge, erzählte von seinen Plänen, erklärte unbefangen, daß es hier Diamanten geben könne, kündigte seinen Erlebnisbericht an ... Väterchen Akif sah sich außerstande, bei soviel Freundlichkeit zu töten. Der Bursche war von einer solch teuflischen Brüderlichkeit, daß Akifs Hand davon gelähmt wurde.

Der Pope erhob sich, schlug das Kreuz über dem Kopf Jankowskis und ging zur Leiter zurück.

»Es war eine lehrreiche Stunde«, sagte er dabei.

»Man kann nie genug Erkenntnisse sammeln. Wann, sagtest du, willst du dein Fotobuch über die Schönheit zusammenstellen?«

»Im Winter. Wenn Grabungen unmöglich werden.«

»Bis dahin wirst du sicherlich vieles fotografiert haben?«

»Ich rechne mit einer Auswahl aus ungefähr zweitausend Fotos.«

Väterchen Mamedow blieb die Luft weg. Wie oft wird er Stella Gawrilowna dann noch vor der Linse haben, dachte er mit stockendem Puls. Wieviel Qual wird noch über uns kommen? Ist das zu ertragen?

Es wird sich doch nicht vermeiden lassen, ihn bei einer günstigen Gelegenheit unschädlich zu machen. Das könnte möglich sein, wenn er das alte, vergessene Bergwerk gefunden hat.

So schnell es ihm sein Moped erlaubte, fuhr Mamedow nach Nowo Korsaki zurück und fiel bei Dr. Lallikow ein. Der Arzt hatte gerade die Nachricht bekommen, daß dem dicken Zwetkow ein anonymer Anrufer von einer Enthaarungscreme erzählt hatte, und daß Rassul Alexejewitsch daraufhin außer Rand und Band geraten war. Er hatte Kasutin angeblafft und war nun bei Apotheker Dudorow vorstellig geworden, um ihn anzuschreien, das Apothekergeheimnis sei bei ihm wohl

So schnell es ihm sein Moped erlaubte, fuhr Mamedow nach Nowo Korsaki zurück . . .

einem löcherreichen Käse gleichzusetzen. Dudorow war dem Weinen nahe gewesen und hatte gerade Dr. Lallikow angerufen.

»Er schreibt ein Buch!« schrie nun auch Väterchen Akif in höchster Erregung und ließ sich auf einen der Stühle fallen. »Einen Erlebnisbericht über Nowo Korsaki! Und er bringt ein Fotobuch heraus! Unbemerkte Schönheit! Dafür will er weiter fotografieren! Zweitausend Bilder!«

»Ich sage es ja«, konstatierte Dr. Lallikow. »Ein Hyper-Sexualismus! Dieser Mensch wird nur vom Genital regiert!«

»Es muß etwas geschehen«, stöhnte Mamedow. »Wir können da nicht ruhig oder nur mit wissenschaftlichem Interesse zusehen. Die Verseuchung darf nicht wachsen. Wir dürfen uns nicht damit begnügen, die armen Opfer zu verbannen; wir müssen das Übel an der Wurzel ausrotten.«

»An der Wurzel! Sie sprechen es aus, Akif Victorowitsch!« Dr. Lallikow holte Wodka und zwei Gläser und setzte sich dem Popen gegenüber. »Berichten Sie von Ihrem Gespräch mit diesem Super-Faun. Wie trafen Sie ihn an?«

»Rimma Ifanowna war bei ihm.«

»Was?« Lallikow zuckte hoch. »Die rote Göttin?«

»Sie hat ihm etwas gezeigt . . .«

»Spannen Sie mich nicht auf die Folter!« sagte

Lallikow hitzig und goß Wodka ein. »Berichten Sie alles der Reihe nach! Legen Sie Wert auf Detailschilderungen, Väterchen . . .«

Am Abend empfing Zwetkow mit umwölkter Stirn seinen Gast. Jankowski war zum Essen eingeladen, präsentierte der Dame des Hauses, der schönen Antonina Pawlowna, einen bunten Blumenstrauß, den Stella Gawrilowna ausgesucht und gebunden hatte (was Akif Mamedow eine Viertelstunde später wußte, allerdings nur: Jankowski war bei Stella!), und brachte Klavierauszüge von drei Opern mit. Antonina und Jankowski wollten an diesem Abend wieder einige Duette singen und die Möglichkeit besprechen, ob man nicht zur Feier der Oktoberrevolution im Parteihaus von Nowo Korsaki ein Konzert geben könne. Der bereits befragte Lehrer der 3. Klasse, ein Genosse Pluntikow, hatte begeistert zugesagt, die Zwetkowa und Jankowski auf dem Klavier zu begleiten. Hatte man genug Zeit zum Üben, konnte sogar das Komsomolzen-Orchester die Begleitung übernehmen. Dann klang es wirklich wie im Opernhaus.

Zwetkow begrüßte Jankowski wie immer mit innigen Wangenküssen, auch Antonina Pawlowna bekam von Jankowski ihre Schmätzchen mit, aber dann, bei der Suppe, einer Orkoschka mit Hühnerschnitzeln, wurde es ernst. Zwetkow sagte muffig:

»Einen Rat, bitte, mein liebster Victor Semjonowitsch: Was kann man gegen Indiskretionen tun?«

Jankowski, wie immer völlig außerhalb des Geschehens und deshalb mit einer Aura aus Naivität umgeben, antwortete: »Man muß den Übeltäter zur Rede stellen.«

»Das habe ich. Er leugnet.«

»Ein Feigling.«

»Ein verfilzter Hofhund.«

»Haben Sie Beweise?«

»Nein.«

Jankowski wurde etwas unruhig. »Das ist schlecht, Rassul Alexejewitsch. Ohne Beweise keine Möglichkeit des Vorgehens.«

»Es kann nur vom Übeltäter selbst kommen.« Zwetkow atmete pfeifend. Das war ganz normal – Herz, Lunge, Luftröhre, Hals, alles war verfettet. »Es ist eine medizinische Indiskretion.«

»Doktor Lallikow? Unmöglich! Er würde nie . . .«

»Dudorow«, sagte Zwetkow wie aus dem Grab.

»Unser Apotheker?« Jankowski sah zu Antonina Pawlowna hinüber. Sie nickte und hatte verhangene Augen vor Kummer. »Akbar Nikolajewitsch ist ein untadeliger Mann.«

»Das dachte ich auch. Ein anonymer Anrufer in der Nacht aber säte erste Zweifel, und dann erschien auch noch Kasutin und machte Andeutungen. Ich bin in einem Zustand, den kann ich Ihnen gar nicht beschreiben. Ich fühle mich von allen angestarrt. Sie haben noch nichts gehört, teurer Freund?«

»Absolut nichts. Dabei kenne ich viele Bürger . . .«

»Es ist furchtbar.« Zwetkow wischte sich mit der Serviette über das feiste Gesicht, wartete, bis nach der Suppe die Pastetchen mit Hasenfleisch aufgetragen wurden, und stocherte verdrossen in dem herrlichen Essen herum. »Victor Semjonowitsch, Sie als unser bester Freund sollen es wissen, Ihnen vertraue ich es an, als einzigem außer meiner Frau, bei Ihnen wird es im Herzen vergraben sein: Ich beziehe eine Enthaarungscreme.«

Zwetkow wartete auf eine Reaktion, starrte Jankowski forschend an, aber Jankowski zerteilte seine Hasenpastete und aß genießerisch eine Gabel voll. Erst dann sagte er leichthin: »Mit solchen chemischen Mitteln sollte man vorsichtig sein. Die können der Epidermis schaden.«

»Ist das alles?« antwortete Zwetkow, über den Tisch stierend.

»Das ist genug, wenn überall Pickel entstehen.«

»Ich meine, ist das alles, was Sie dazu zu sagen haben? Es verwundert Sie nicht?«

»Nein. Warum?«

»Rasieren ist normal. Aber Creme?«

»Sie werden Ihre Gründe haben, Rassul Alexejewitsch.«

»Die habe ich. Seit vier Jahren leide ich unter einem abnormen Haarwuchs unter den Achseln. Dr. Lallikow hatte dafür viele lateinische Erklärungen, aber darauf pfeife ich. Ich weiß nur: Wenn ich mich nicht enthaare, kann ich mir zweimal pro Jahr Zöpfe unter den Achseln flechten. Ich war schon bei allen Spezialisten. Was sagen sie? Eine hormonelle Störung. Aber was habe ich davon, wenn ich weiß, wie das heißt? Die Haare wachsen und sind nicht zu bändigen. Selbst mit der Creme ist das immer nur eine gewonnene Schlacht, kein gewonnener Krieg. Auf der Packung steht: ›Vernichtet in die Tiefe bis zu den Haarwurzeln.‹ – Welche falschen Töne! Bei mir jedenfalls. Bei mir lachen die Haarwurzeln über die Creme. Sie geben zwar jeweils die Wolle her, lassen sie jedoch wieder nachwachsen.«

Zwetkow lehnte sich zurück. Seine Erschütterung war deutlich, und sie war ihm nachfühlbar. Wer hat schon gerne Zöpfe in den Achselhöhlen? »Stellen Sie sich meine Situation vor«, fuhr er kurzatmig fort. »Mein bester Victor Semjonowitsch. Ich leide unter dem teuflischen Haarwuchs, und da ruft ein Anonymer an und schleudert mir mein Geheimnis ins Gesicht. Und Kasutin grinst mich an wie ein Faun. Urteilen Sie, mein Freund: Bin ich nicht entehrt?«

»Jetzt sieht die Sache schon anders aus«, sagte Jankowski und setzte vorsichtig hinzu: »Aber man sollte einen klaren Kopf behalten.«

»Der Anrufer hat auch noch etwas anderes gesagt, Rassulenka«, warf Antonina Pawlowna ein. »Vergiß es nicht.«

»O nein!« Zwetkow ballte die Fäuste. »Der Kerl sagte dann auch noch: ›Unterziehen Sie sich der interessanten Pflicht, und beäugen Sie Ihre Frau.‹ Das nahm mir glatt den Atem. Das war der Beweis, daß er genau über mein Leiden Bescheid weiß. Er forderte mich zum Vergleich heraus. Sehen Sie nur Antoninas langes, schönes Haar ... und dieser Schuft vergleicht es mit meinem Leid.«

»Die Schlechtigkeit der Menschen ist erschrekkend«, sagte Antonina Pawlowna. »Ich hätte nie gedacht, daß in unserer kleinen, schönen Stadt solche bösen Elemente leben. Victor Semjonowitsch, nun wissen Sie alles ... wie sollen wir uns verhalten?«

Jankowski aß seine Pastete zu Ende, trank einen Schluck Krimwein und tupfte sich die Krümel aus den Mundwinkeln. »Mein Rat wäre: ignorieren; Stolz zeigen, Erhabenheit gegenüber einer verfallenden Welt. Sie sind Zwetkow, Rassul, Alexejewitsch! Sie sind unangreifbar! Der Anonyme *wollte* Sie ja aufregen – tun Sie ihm nicht den Gefallen. Gehen Sie in die Offensive: Loben Sie öffentlich,

»Ich möchte Sie küssen wie einen Bruder!«
Zwetkow breitete die Arme aus.

in der Apotheke Dudorows, die Enthaarungscreme.«

»Ha! Das ist ein Gedanke! Victor Semjonowitsch, Sie sind ein Freund, nicht mit Gold aufzuwiegen. Ich möchte Sie küssen wie einen Bruder.« Zwetkow breitete die Arme aus. In solchen Augenblicken faltete ein Uneingeweihter still die Hände und wartete darauf, daß Zwetkow einem Schlaganfall erlag. »Ja, so mache ich es. Was hätte ich zu verlieren? Bin ich ein anderer Mensch mit oder ohne Haare? Ich werde es ihnen zeigen. Jankowski, Brüderchen, Sie haben mir mein Selbstvertrauen wiedergegeben.«

Um seine Wandlung zu beweisen, wälzte er sich zum Telefon und rief den Apotheker Dudorow an. Der arme Akbar Nikolajewitsch erschrak bis ins Mark, als er schon wieder Zwetkows Stimme vernahm, und lehnte sich mit schwachen Knien an die Wand.

»Wissen Sie, was eine hormonelle Störung ist?« schrie Zwetkow.

Dudorow verdrehte die Augen und verfluchte den schwatzhaften Kasutin. Mit vorsichtiger Stimme antwortete er: »Genosse Zwetkow, wir sollten darüber in aller Ruhe reden . . .«

»Ich habe eine! Mir wachsen wallende Haare dort, wo ich sie nicht gebrauchen kann. Können Sie sich das vorstellen?«

»Ja«, krächzte der Apotheker Dudorow, nur irrte er sich gedanklich in der Richtung.

»Und ich bekämpfe den Wald mit Creme.«

»Warum sagen Sie mir das, Genosse?« stammelte Dudorow.

»Damit Sie das Mittel weiterempfehlen können, Akbar Nikolajewitsch«, antwortete aufgeräumt Zwetkow. »Es könnte ja jemand zu Ihnen kommen, der auch Mühe mit solchem Haarwuchs hat. Nennen Sie mich als Referenz, ich habe nichts dagegen.«

Er warf den Hörer auf die Gabel, drehte sich zu Jankowski und Antonina Pawlowna um und blähte sich auf. »Wie war das?« fragte er. »War das richtig? Hat das hingehauen?«

»Du warst fantastisch!« rief Antonina und klatschte in die Hände. »Grandios! Man muß dich bewundern!«

»Und jetzt das Dessert!« verlangte Zwetkow. »Vanille-Eis mit kandierten Preiselbeeren! Und ein Mokka-Likörchen! Ha – fühle ich mich befreit!«

Eine Stunde später sangen Jankowski und Antonina Pawlowna ihre Duette. Jankowski begleitete sie beide selbst am Klavier.

Es klang sehr gut, die Liebesszenen spielten sie mit aller gebotenen Diskretion – es war wirklich nur die Kunst, die sie zusammenführte.

Zwetkow hing in einem tiefen Sessel, hatte die

Augen geschlossen und schlief. Satt, zufrieden, erlöst.

Kasutin hingegen wurde bestraft. Da er die Liste der Verdächtigen besaß, wurde er von Dr. Lallikow aus dem Bett aufgescheucht.

»Streichen Sie sofort Antonina Pawlowna!« bellte der Arzt. »Sie hat dort nichts zu suchen! Ihre Ehre steht außer jedem Zweifel! Ich verbürge mich als Arzt dafür!«

»Sie haben sie heute untersucht, Genosse?« Kasutin kratzte sich das Kopfhaar.

»Ich weiß es!« schrie Lallikow. »Mein Erinnerungsvermögen hatte nur nachgelassen!«

Verwirrt ließ Kasutin den Telefonhörer fallen.

IV.

In der Chronik von Nowo Korsaki verzeichnete man bisher sechs Überfälle, die Ruhestörungen in diesem paradiesischen Ort darstellten. Da war zunächst der historische Kosakeneinfall, der nach einiger Zeit dank der Aktivität und der Vorzüge der korsakischen Frauen kläglich in Desertion und Kolonisation endete und dem kleinen Ort zu einem unerwarteten Aufschwung verhalf. Die Überfälle Nr. 2 – 4 gingen auf das Konto herumstreifender Banden ausgebrochener Sträflinge und Abenteurer, die Sibirien als das große Land der Freiheit ansahen, wo jeder jeden umbringen konnte, wenn daraus nur Nutzen zu ziehen war. Diese Überfälle endeten ebenfalls kläglich. Die Nachkommen der Kosaken setzten den Banditen nach, fingen sie ein, gruben sie bis zum Hals in die Sümpfe ein, bestreuten ihre Häupter mit Zucker und wünschten dann den Delinquenten alles Gute.

Nach zwei Wochen waren die Köpfe von riesigen Mückenschwärmen und Ameisenheeren abgenagt, und auch Füchse und Marder hatten die Abwechslung im Speiseplan geschätzt.

Überfall Nr. 5 war ein Irrtum: Rote Revolutionstruppen durchzogen das Gebiet von Nowo Korsaki, fanden es sehr destruktiv, daß im ganzen Ort keine rote Fahne aufzutreiben war, dagegen eine Kirche ihre Augen beleidigte, plünderten als Beitrag zur Aktion ›Befreiung vom Zarenjoch‹ den Ort und schenkten ihm dann eine rote Fahne. Sie stand noch heute im Parteihaus. Kasutin blickte sie ab und zu sinnend an und hütete sich, sie bei offiziellen Feiern ans Licht zu tragen.

Der sechste Überfall galt einem Transport. Aus Magnitogorssk hatte man die Lieferung von Strümpfen, Pullovern, warmen Hosen und anderen schönen Dingen angekündigt. Nowo Korsaki freute sich schon Tage im voraus auf diesen Segen der Planwirtschaft, der nun endlich auch diesem Teil Sibiriens zuteil werden sollte – aber der Lastwagen kam nie an. Suchtrupps, die verzweifelt die Gegend durchkämmten, entdeckten endlich den völlig ausgeraubten Wagen in einer Schlucht, doch auch die beiden Fahrer blieben verschwunden, was sehr verwunderlich war. Im allgemeinen läßt man Tote bei solchen Überfällen liegen. Man hat gar keine Zeit, sich um eine Beseitigung zu kümmern. So ergab sich also der Verdacht, daß die beiden Fahrer selbst das große Geschäft gemacht hatten und nun irgendwo im Süden zufrieden lebten. Da aber die nächste Sonderzuteilung für das Magazin in weiter Ferne lag, betrachtete man den sechsten Überfall als einen der schlimmsten, denn der Verzicht auf warme Unterhosen schmerzt jeden.

Und nun geschah in Nowo Korsaki der siebte Überfall. Eine kleine Sache, mehr intim und privatim, aber immerhin . . . Eine unbekannte Anzahl von Eindringlingen warf sich in tiefer Nacht auf den in seinem Bett schlafenden Geologen Jankowski, stülpte ihm einen Sack über den Kopf, fesselte ihn und stieß ihn aufs Bett zurück. Das geschah alles sehr schnell, fast lautlos, und Jankowski war auch viel zu überrascht, um an sofortige Gegenwehr zu denken. Bis er die Überlegenheit seiner sportlichen Muskeln ausspielen wollte, war er bereits bewegungsunfähig. Um Hilfe zu schreien, war ihm zuwider . . . erstens hätte es niemand gehört, und zweitens paßte es nicht zu seinem Charakter.

Er wartete, lag still, lauschte auf verräterische Geräusche, hörte Männer keuchen und hüsteln, schnaufen und murmeln. Stiefel scharrten, jemand setzte sich ächzend und rieb sich die Hände an den Hosenbeinen.

»Wenn ihr glaubt, Genossen, bei mir sei ein Haufen Rubel zu holen, dann kennt ihr nicht den sozialen Status eines kleinen Geologen«, sagte Jankowski, als niemand einen Laut von sich gab. »Mich ausrauben zu wollen, ist geradezu lächerlich.«

»Wo haben Sie die Bilder?« fragte eine dumpfe, sichtlich verstellte Stimme. Es war die von Väterchen Akif, der eine Nuß zwischen die Zähne geklemmt hatte, um jegliche Ähnlichkeit mit seiner normalen Stimme zu unterbinden. Dr. Lallikow hatte sich vorgenommen, mit einer Fistelstimme zu sprechen. Kasutin wollte grunzen. Babajew, der vor Angst zitterte, hatte sich für eine dünnere Frauenstimme entschieden.

»Welche Bilder?« fragte Jankowski ehrlich erstaunt.

»Ihre Fotos.«

»Meine künstlerischen Aufnahmen?«

»Eben diese«, fistelte Dr. Lallikow.

Jankowski dachte angestrengt nach. Daß ihn jemand überfiel, um seine Fotos zu stehlen, war mehr als idiotisch. Was sollte jemand, der nicht auch ein Buch wie er plante, mit einem fotografierten Kieselstein oder einem vergrößerten Fliegenbein anfangen? Da konnte es sich nur um einen Irrtum handeln . . . der Sinn des Überfalls hatte eine andere Richtung, aber welche? Oder vermutete man politische Fotos bei ihm? Glaubte man, er mache Spionageaufnahmen?

Jankowski wurde hellwach unter seinem ihm über den Kopf gestülpten Sack. Er kannte nicht die Methoden des KGB, aber er wußte, daß solche Maßnahmen, wie sie jetzt an ihm angewendet wurden, nicht zur Verhörpalette gehörten. Wenn es um die Fotos ging, um diesen speziellen Verdacht, dann konnten es nur Regimegegner sein, die bei ihm nutzbare Geheimnisse vermuteten.

»Ihr könnt sie euch ansehen, Genossen«, sagte Jankowski. »Sie liegen in den beiden Schubladen der Kommode. Aber laßt sie bitte sortiert. Ich habe sie schon zu Themen zusammengefaßt.«

Väterchen Akif und Kasutin nickten sich zu. Während Dr. Lallikow und Babajew den Gefesselten bewachten, sichteten nun Akif und Kasutin die Fotoabzüge, hielten die Negative gegen eine Lampe und kamen dabei ins Schwitzen.

Was sie suchten, war nicht darunter. Zwar gab es Fotos von Rimma Ifanowna, Stella Gawrilowna, Galina Iwanowna, der schönen Witwe Sitkina, der Zwetkowa und sogar von Dunja Sergejewna und auch noch von vielen anderen Mädchen aus dem Ort, aber sämtliche Aufnahmen waren so harmlos wie die Fotos von Kuhaugen oder den Staubgefäßen einer Lilie. Alle Damen waren sittsam angezogen, immer mit Blumen garniert, lächelten mehr oder weniger dumm, standen, saßen, hockten, knieten in den verschiedensten Haltungen herum und strengten sich an, Eingang in das Fotobuch von Jankowski zu finden.

Akif Victorowitsch wandte sich zum Bett und rollte seine Nuß zwischen den Zähnen. »Wo sind die anderen Fotos?« fragte er dumpf.

»Welche?« fragte Jankowski zurück. »Ich weiß ja nicht, was ihr angesehen habt, werte Genossen.«

»So ziemlich alles«, keuchte Kasutin. »Bis auf die Mappen 23 und 24.«

»Da sind nur Aufnahmen vom Salzsee drin.«

»Und die anderen?« fistelte Dr. Lallikow.

»Ich habe keine Ahnung, was ihr sucht.«

»Die Nacktaufnahmen«, piepste Babajew.

»Welche Nacktaufnahmen?« fragte Jankowski, nun wahrhaftig mehr betroffen als verwundert.

»Das wissen Sie schon«, brummte Väterchen Akif.

»Ihr verwirrt mich total, Genossen. Ich weiß wirklich nichts von einer Nacktaufnahme.«

»Sie wissen nichts von einer Aufnahme einer nackten, rasierten, enthaarten Frau?« Kasutin schwitzte vor Erregung wie ein gejagter Gaul.

»Von Stella Gawrilowna?« stieß Mamedow nach und verkrampfte die Hände ineinander.

»Wieso soll die rasiert sein? Gerade weil sie so schöne schwarze Haare hat, habe ich sie fotografiert, ebenso wie ich Rimma Ifanowna und viele Mädchen und Frauen fotografiert habe. Ich will eine Gegenüberstellung machen: Die Schönheit der Natur – die Schönheit des Menschen. Ihr glaubt gar nicht, wieviel Schönheit es in Nowo Korsaki gibt.«

»Wir wissen es«, grunzte Kasutin. »Wo sind die Nacktaufnahmen?«

»Ich habe keine Nacktaufnahmen!« beteuerte Jankowski zum wiederholten Male. »Was wollt ihr überhaupt?«

»Es gibt Bilder mit einer Frau ohne Kopf.«

»Nein! Nicht von mir!«

»Wie er lügt!« fistelte Dr. Lallikow. »Infam! Nur Körper! Glatt, unbehaart! Wie er lügt!«

Durch Jankowski fuhr ein Blitz der Erkenntnis. Er zögerte, sagte sich, daß so etwas nicht möglich sei, aber daß er hier gefesselt lag, bewies ihm, daß nichts zu irrsinnig war, als daß es von Menschen nicht dennoch in Szene gesetzt werden konnte.

»Nein ...« sagte er stockend. »Genossen ... wenn ihr das meint ... O Gott, ist das möglich? Ihr lieben Brüder, wenn ich gleich das Bett nässe, dann deshalb, weil mir vor Lachen die Blase platzt. Nein, das kann doch nicht sein!«

Jankowski lachte plötzlich, sein gefesselter Körper bebte, sein vom Sack verhüllter Kopf schlug in das Kissen. Kasutin und Dr. Lallikow starrten sich an, Väterchen Akif stand am Fenster und blickte stumm in die Nacht, Babajew hockte auf einem Stuhl und knackte mit den Fingergelenken.

»Benehmen Sie sich vernünftig!« fistelte Dr. Lallikow nach einer Weile erregt und stieß Jankowski die Faust gegen die Rippen. »Was ist mit der Nackten ohne Kopf?«

»Der Kopf war nicht wichtig. Mir kam es auf die Körperformen an.«

»Natürlich. Keiner sollte die Witwe Sitkina erkennen.«

»Es handelt sich nicht um Alla Philippowna«, lachte Jankowski.

»Dann doch um Stella Gawrilowna?« stöhnte Väterchen Akif.

»Nein, um die Puppe Leila.«

»Eine Puppe?« In der Stimme Dr. Lallikows klangen Widerwillen und Ekel. »Er rutscht in die Sprache der Bordelle ab . . . Puppe!«

»Zum Weinen!« stöhnte der Pope. »Ich kann nur sagen: zum Weinen!«

»Leila ist Teil eines ganz neuen, separaten Buches«, erklärte Jankowski und schüttelte sich immer noch vor Lachen. »Da habe ich gerade erst mit dem Sammeln begonnen. ›Die Kunst der Puppe‹, will ich das Buch nennen. Ich werde Fotos von Puppen bringen . . . Puppen aus Porzellan, aus Plastik, aus Gips, aus Polyester, aus Ton, aus Zelluloid, eben aus allem, was heute zur Herstellung von Puppen herangezogen wird. Es gibt dabei so enorm künstlerische Gestaltungen, so detailgetreue, verblüffend menschliche . . .«

Dr. Lallikow starrte den armen Babajew mit einem Blick an, der dessen Knochen erweichte.

»Und wer ist Leila?« lispelte er.

»Sie wurde nach Swerdlowsk geliefert. In das Kaufhaus. Für die Modeabteilung. Eine Schaufensterpuppe aus Polyester. Unheimlich naturgetreu. Ich habe versucht, in fotografischen Details dieser Vollendung nahezukommen.«

»Sie sind ein großer Künstler, Jankowski«, fistelte Dr. Lallikow und erhob sich vom Bettrand. »Ihre Fotobücher müssen den Erfolg haben, den sie verdienen. Verzeihen Sie unseren nächtlichen Besuch, und betrachten Sie ihn als Irrtum, den wir bedauern. Victor Semjonowitsch, Sie werden Ihren Weg machen.«

Er wandte sich zur Türe die anderen folgten ihm stumm und ließen Jankowski in einer ziemlich ratlosen Verfassung zurück. Er hatte es aber nicht schwer, sich von den Fesseln und dem Sack zu befreien, doch als er ins Freie stürzte, war nichts mehr zu sehen. Das Rätsel dieser Nacht würde bleiben.

Im Zimmer des Popen fand eine halbe Stunde später eine kurze Besprechung statt. Kasutin stand da wie ein Scharfrichter und bemühte sich nicht, das nervöse Zucken in seinem Gesicht zu unterdrücken.

Dr. Lallikow starrte den armen Babajew mit einem Blick an, der dessen Knochen erweichte.

»Eine Puppe!« schrie er. »Welche Blamage! Wir sind auf eine Puppe hereingefallen! Mir stockt der Atem! Genosse Dr. Lallikow, wie ist es möglich, daß Sie als Arzt nicht sahen, daß es sich um eine Puppe handelte?«

»Fragen Sie mich nicht!« brüllte Lallikow zurück. »Soll das eine Inquisitionsverhandlung sein?«

»Schenken Sie sich Ihre Fremdworte!« bellte Kasutin. »Wir alle stehen da wie die größten Vollidioten! Eine Puppe! Natürlich ohne Haare! Und ein Arzt erkennt das nicht!«

»Ich verbitte mir das!« kreischte Lallikow. »Hätte Babajew nicht einen solchen Wirbel um diese Fotos gemacht, hätte er uns nicht alle geblendet mit seinen Verdächtigungen . . . man ist ja ganz unzurechnungsfähig geworden!«

»Ja! Babajew!« Akifs Bart sträubte sich. »Welch eine Verworfenheit in diesen Gedanken! Welch eine Sturmflut von Beleidigungen! Die ehrsamsten Mädchen und Frauen hat er besudelt! Nikita Romanowitsch, was Sie da getan haben, öffnet Ihnen den Schlund der Hölle.«

»Was habe ich denn getan?« wehrte sich der arme Babajew. Er hüpfte im Zimmer herum wie ein Känguruh und war einem Herzanfall nahe. »Ja, was habe ich denn getan? Ich habe die Vergrößerungen lediglich dem Genossen Parteisekretär gezeigt, und Pjotr Dementijewitsch hat erklärt: ›Das ist ja eine

Sauerei!‹ Von *ihm* kam der Anstoß! *Er* hatte den ersten geilen Gedanken!«

»Babajew, noch ein Wort, und ich lasse Sie einsperren!« brüllte Kasutin. »Die Grundidee stammte von Ihnen! *Sie* haben das Gift ausgestreut, an dem wir uns alle den Magen verdarben! Wir sind genauso Opfer wie der arme Jankowski! Wobei es mir rätselhaft bleibt, wieso man sagen kann: ›Das könnte Rimma Ifanowna sein. Dieser feste Busen . . .‹ Und dabei ist es nur eine Puppe.«

»Warum starren Sie mich dabei wie ein Bock an?« fuhr Dr. Lallikow hoch. »Ich betone es noch einmal: Diese Polyesterpuppe war so naturgetreu hergestellt, so hervorragend fotografiert im Detail, daß man – rechnet man unsere innere Empörung hinzu – leicht einem Irrtum verfallen konnte. Hinzu kam das Auftauchen der Enthaarungscreme in Nowo Korsaki.«

»Meine lieben Söhne!« Väterchen Akif hob beide Hände. Die anderen verstummten schweratmig und am Rande nervlicher Zusammenbrüche. »Zerfleischen wir uns nicht selbst. Tätige Reue ist angebracht. Sind wir froh, daß ein sehr strittiges Problem sich in dieser Glätte gelöst hat. Ist das nicht als Erfolg anzusehen? Ist das Ganze kein Beweis für die unversehrte Moral aller Frauen hier, ohne jede Ausnahme? Stolz sollte uns das machen! Wie sauber steht Nowo Korsaki nun wieder da? Wir sollten dankbar sein – nicht uns gegenseitig den Satan an den Hals wünschen. Die allgemeine Unschuld wurde nachgewiesen – das ist ein Hosiannah wert.«

»So kann man es auch sehen«, sagte Dr. Lallikow beruhigt. »Väterchen Akif, Sie sind ein ungewöhnlicher Mensch. Darf ich Sie für übermorgen zu einem herrlichen Braten einladen?«

»Vergelte es Ihnen Gott.« Akif Victorowitsch sah den noch immer bebenden Babajew an. »Du hast nur deine vermeintliche Pflicht getan, mein Sohn. Ein stets waches sittliches Bestreben ist lobenswert«, sagte er nun plötzlich zu ihm.

»Ich verzichte auf eine kirchliche Manöverkritik«, ließ sich Kasutin vernehmen und winkte mit beiden Händen ab. »Ich stelle nur fest, daß wir alle Rindviecher waren – aber das bleibt unter uns. Wir sind ja nicht nur Genossen, sondern auch Freunde. Dafür wissen wir jetzt zuviel voneinander.«

Er sah Babajew, von dem alles Übel ausgegangen war, an, verzichtete darauf, ihm wenigstens vor die Schuhe zu spucken, und verließ das Popenhaus.

Auf dem Weg zum Parteihaus begegnete er Jankowski, der ihm aufgeregt zuwinkte.

»Gut, daß ich Sie treffe, Pjotr Dementijewitsch«, sagte Jankowski atemlos. »Ich bin auf dem Weg zur Miliz. Ich habe eine Anzeige zu machen. Vor einer halben Stunde hat man mich in meinem Bett überfallen.«

Unter Kasutins Haarwurzeln begann es zu brennen. »Sind Sie sicher?« fragte er heiser. »Haben Sie nichts Falsches geträumt, Genosse?«

»Kann man träumen, gefesselt zu werden und einen Sack über den Kopf gestülpt zu bekommen?«

»Man kann ungeheuer plastisch träumen.«

»Bleiben dann die Stricke und der Sack zurück?«

»Wohl kaum.« Kasutin seufzte ergeben. »Gehen wir gemeinsam zur Miliz. Diesen gemeinen Überfall werden wir mit aller Strenge untersuchen. Wir werden alles unternehmen. – Was wollte man denn von Ihnen?«

»Nichts. Das ist es ja, absolut nichts. Ein Rätsel.«

»So ist es oft«, sagte Kasutin weise und erinnerte sich der Worte des Popen Mamedow. »Wir Menschen haben die nicht erklärbare Gabe, mit Nichtigkeiten Welten durcheinanderzubringen. Überlegen wir es uns doch noch einmal, mein lieber Victor Semjonowitsch, ob wir überhaupt eine Klage einreichen wollen.«

Das fragte sich Jankowski auch, ließ seinen Entschluß fallen, rätselte aber später noch lange daran herum, warum man ihm meuchlings ans Leder hatte wollen. Er lebte angenehm in Nowo Korsaki, der Pope Mamedow, der Arzt Dr. Lallikow, der Fotograf Babajew, der Parteisekretär Kasutin, der Apotheker Dudorow, der dicke Zwetkow, überhaupt alle Menschen waren freundlich zu ihm, luden ihn zum Essen ein, tranken mit ihm Wein und Wodka, ließen ihn jagen und brachten ihm Körbe mit Geschenken ins Haus. Dennoch fühlte er sich nicht mehr richtig wohl in der Stadt, beendete seine geologischen Forschungen und zog nach Swerdlowsk.

Man darf das Victor Semjonowitsch nicht übelnehmen, denn – so frage ich – was ist denn das für eine Welt, in der man noch nicht einmal ungestraft eine nackte Schaufensterpuppe fotografieren kann?

HEYNE BÜCHER

HEINZ G. KONSALIK

Dramatik, Leidenschaften, menschliche Größe im Werk des Erfolgsschriftstellers.

01/6054 - DM 7,80

01/6110 - DM 6,80

01/5992 - DM 6,80

01/6213 - DM 6,80

01/6426 - DM 6,80

01/6294 - DM 6,80

01/6503 - DM 7,80

01/6539 - DM 7,80